DAGEN VAN GRAS

PHILIP HUFF BIJ DE BEZIGE BIJ

Niemand in de stad (roman, 2012)
Goed om hier te zijn (verhalen, 2013)
Boek van de doden (roman, 2014)
Het verdriet van anderen (essays, 2015)

Philip Huff

Dagen van gras

ROMAN

2018
DE BEZIGE BIJ
AMSTERDAM

Dit boek is fictie. Alle figuren en voorvallen zijn verzonnen. Vrijheden zijn genomen met rivieren, plaatsnamen, ziekenhuizen en artiesten.

Copyright © 2009 Philip Huff
Eerste druk (als e-book) september 2009
Tweede druk oktober 2009
Derde druk oktober 2009
Vierde druk maart 2010
Vijfde druk februari 2012
Zesde druk februari 2012
Zevende druk oktober 2012
Achtste druk september 2013
Negende druk september 2014
Tiende druk september 2015
Elfde druk september 2016
Twaalfde druk augustus 2017
Dertiende druk september 2018
Omslagontwerp en auteursfoto Claire Witteveen
Vormgeving binnenwerk Adriaan de Jonge
Druk Bariet Ten Brink, Meppel
ISBN 978 90 234 5401 4
NUR 301

debezigebij.nl
philiphuff.net

Voor mijn broer en zus

PROLOOG

Ik heet Ben. Ik ben geboren op een dinsdagmorgen in het Sophia Ziekenhuis in Zwolle, deze zomer achttien jaar geleden. Ik woog zeven pond en was achtenveertig centimeter lang. Het Sophia Ziekenhuis bestaat nu niet meer: het is afgebroken. Net als mijn lagere school, die is ook gesloopt. En van mijn eerste middelbare school hebben ze een appartementencomplex gemaakt: alleen de gevel is blijven staan. Als ik mensen zou willen wijzen waar ik naar school ben geweest, heb ik foto's nodig. Maar die heb ik niet. Die heeft *niemand*. Ik bedoel: van je beste vrienden uit je schooltijd een foto bewaren, dat begrijp ik wel. Maar wie heeft er foto's van de scholen *zelf*?

Ik kwam niet alleen uit de buik van mijn moeder, die dinsdagmorgen. Ik had een tweelingbroer die David heette. Maar David overleed drie dagen na zijn geboorte. Hij is nooit het ziekenhuis uit geweest. Van Davids leven bestaat geen enkel gebouw meer. Geen enkele foto.

*

Ik woon hier nu negen maanden, in De Dwars, een steunwoning voor adolescenten aan de rand van Amsterdam. Ik ben hier na mijn ontslag uit de adolescentenkliniek geplaatst, omdat mijn moeder me niet meer wilde hebben:

ik zou gewelddadig kunnen zijn. Maar dat is onzin. Ik houd niet eens van geweld. Ik bedoel: mijn lievelingsfilm is *Frank en Frey*; dat is die Disney-film met die vos en die hond die vrienden worden. Dan weet je het wel. En *Fight Club*, die film met Brad Pitt, die heb ik na een halfuur uitgezet.

Hoe dan ook: als ik hier volgende zomer weg mag, na mijn eindexamen, ga ik niet terug naar huis. Ik ga bij mijn oom wonen, hier in de stad, en anders in een studentenhuis, als de begeleiding dat kan regelen. Maar naar het oosten ga ik zeker niet terug. Niet zolang mijn moeder daar nog woont.

*

Ik ben daar opgegroeid, in het oosten, op Weldra, het landgoed van mijn grootouders. Weldra was geen slechte plek om te wonen. Echt niet. Tot ik er weg moest, kon ik daar elke dag door de bossen lopen en naar de natuur luisteren. De stilte en de vogels horen. Dat mis ik wel. Want hier in de stad is het nooit stil genoeg om naar de vogels te luisteren: hoor je geen auto, dan hoor je wel een scooter, en hoor je geen scooter, dan hoor je wel een vliegtuig. Of een drilboor. Maar nooit hoor je *alleen* de vogels. Ik woon hier tussen mensen die daardoor niet eens weten hoe een mus klinkt. Die het verschil tussen een merel en een kraai niet kunnen zien. Maar hoe kun je dan van de wereld genieten? Als je niet eens weet wat *wat* is? Als je niet weet hoe een *mus* zingt?

Man, moet je mij horen. Ik heb ook lang niet geweten wat *wat* was. Maar nu weet ik dat wel weer, gelukkig. Nu ben ik weer oké. Dat zegt de psychiater ook.

Dat het allemaal weer goed is, komt overigens niet door hem. En het komt ook niet door mijn opname in de Thorbeckehof of door mijn verblijf in Den Dolder of zo. Nee, dat alles goed is, dat komt door Anna. Door iets wat zij met mij deed. En doordat ik de wiet heb afgezworen, daardoor komt het natuurlijk ook.

Maar goed, de Thorbeckehof, Anna, de adolescentenkliniek in Den Dolder, mijn medicijnen: daar ben ik nog lang niet. Want ik ben bij het begin; ik *begin* bij het begin. En het begin is: ik heet Ben.

Ik ben Ben.

Ben *ben* ik.

Ik ben begonnen.

EEN

Tom, dat was Tom Samson.

Tom was mijn beste vriend, maar echt: mijn *aller*beste vriend. Toms huid was erg wit en hij had overal sproeten. En Tom had een kop vol kortgeknipte rode haren, want als hij zijn haar langer liet groeien, ging het krullen. Als Tom lachte, trokken zijn ogen samen en zag je de spleet tussen zijn ondervoortanden goed. Tom had een lichaam als dat van Jezus op die beeldjes dat hij aan het kruis hangt: veel pezen en weinig spieren, meer vel dan vet. *De heilige geest.*

Lucifer Sam, zo noemde mijn vader Tom altijd. En hij had ook wel wat van een wandelend luciferhoutje, Tom, met die rode boei boven op dat dunne lichaam. '*That cat is something I can't explain*,' zei mijn vader dan. Dat kwam uit een liedje, 'Lucifer Sam', van Pink Floyd. Mijn vader was Engels en helemaal weg van Britse popmuziek uit de jaren zestig en zeventig. Hij had een gigantische platencollectie. Die heb ik nu. En die staat hier ook, op De Dwars. Het is zo'n beetje het enige wat ik heb laten ophalen van Weldra, toen ik hierheen kwam. Maar ik hou niet zo van Pink Floyd. Die weelderige, uitgerekte muziek die ze maken, die kan ik niet hebben. Echt niet. Alleen hun eerste plaat, *The Piper at The Gates of Dawn*, die vind ik nog wel aardig. Verder vind ik het te veel noten die te weinig zeggen. Doe mij The Beatles maar. Welke dag dan ook.

*

Niet alleen mijn kamer wordt gevuld door een platencollectie. Ook mijn hoofd is een gigantische jukebox. En elke ochtend, vlak voordat ik wakker word, wordt er een muntje in gegooid en begint een plaat te draaien. Als ik mijn ogen dan open, hoor ik het liedje spelen.

Sinds een maand of twee schrijf ik dagelijks op welk liedje dat is. Dat doe ik omdat ik geleerd heb dat het liedje dat me wekt mij iets probeert te zeggen.

Eergisteren werd ik wakker met 'You Can Make It If You Try', van The Rolling Stones. Maar het is niet zo dat het altijd de titel of de tekst van het liedje is die mij wat probeert te zeggen. Soms kan het ook een anekdote zijn die aan zo'n liedje hangt. Die anekdote moet ik dan, als een soort diskjockey, in mijn hoofd opzoeken en aan mijzelf vertellen en ontcijferen. Ik weet dat dit vreemd klinkt, maar het is echt zo. En het werkt.

Meestal is het niet de beginzin van een lied waarmee ik word gewekt, maar de hoek. De hoek is zo'n zin in een liedje die perfect doorkomt en in je hoofd blijft hangen. Een vishaak die zich in je oren graaft. Vaak valt de hoek van een liedje in het refrein van een lied. 'Come Together' van The Beatles, bijvoorbeeld, is daar een goed voorbeeld van. Maar bij 'Positively 4th Street', een liedje van Bob Dylan waar ik dit weekend mee werd gewekt, wordt de haak meteen in het begin uitgegooid: *'You got a lot of nerve to say you are my friend.'*

Het vreemde is: gisteren werd ik wakker met een pianomelodie in mijn hoofd. Dat heb ik niet vaak. Ik heb al jaren geen klassieke muziek meer geluisterd. Het was het thema uit een symfonie van Beethoven, in E, *allegretto* gespeeld, en gebaseerd op twee akkoorden. Nu weet ik dus niet zo goed wat ik met dit thema aan moet of wat ik erover moet schrijven. De bladzijde van gisteren is daarom nog leeg. En ik kan niet met het liedje van vandaag beginnen voordat ik die bladzijde heb gevuld.

Maar tot nu toe kom ik met de melodie van gisteren niet verder dan dat Beethoven doof was toen hij zijn derde symfonie schreef. Dat het dus mogelijk is tegen alle omstandigheden in zoiets moois te schrijven. Maar wat wil dat *zeggen*?

'You Can Make It If You Try', misschien.

*

Tom kwam in de zomer dat ik negen werd bij ons op het landgoed wonen. Zijn ouders hadden de boerderij van mijn oom gehuurd. Die was naar Amsterdam verhuisd. Dat vond ik jammer, want ik kon het goed met mijn oom vinden, en ook met zijn vriend, Christiaan, die altijd gekke brillen droeg. Maar Christiaan en mijn oom waren niet langer verliefd op elkaar. En aan het huis, zei mijn oom, hingen te veel herinneringen aan de tijd dat ze dat nog wel waren.

Het huis van mijn oom was een mooi huis. Het was een verbouwde boerderij met een hoog, rieten dak en houten buitenmuren waar je splinters van kreeg. De luiken waren van onbewerkt hout en op de oude deel was een grote zitkamer aangelegd, met druk behang dat ik erg mooi vond. De oude staldeuren stonden altijd open; op hun plek waren twee grote, glazen puien gezet waar ik niet aan mocht komen.

Hoe dan ook: het was op een zondag dat Tom en zijn ouders bij ons op het landgoed kwamen wonen. Dat weet ik nog omdat we op de dag dat de verhuisauto arriveerde gingen lunchen bij mijn grootouders en dat deden we altijd op zondag. Dan zaten we na de lunch in de voorkamer van het huis, onder het schilderij van mijn overgrootvader, en dan schonk mijn demente grootmoeder me – zomer of winter – net zolang thee bij tot mijn blaas knapte.

*

Twee dagen nadat de verhuiswagen daar had gestaan liep ik over de oprit van mijn oom naar de openstaande deeldeuren van zijn huis. Ik bleef voor een van de twee grote ramen staan. Het was warm en stil; alleen de wind maakte wat geluid in de bomen. Voorzichtig drukte ik mijn voorhoofd tegen het glas en keek naar binnen. Er was niemand. Toen ik een stap naar achteren deed om opzij te kijken, zag ik de afdrukken van de zijkanten van mijn handen op het glas staan. Samen vormden ze een hartje. Toen zag ik wat bewegen. En toen ik opnieuw naar binnen keek, stond er een jongen van mijn leeftijd in de zitkamer. Hij droeg een korte groene broek en een T-shirt. Ik stak mijn hand op en groette hem. Hij moest lachen. Hoewel, lachen: het was eerder een soort grijnzen wat hij deed, zoals de Cheshire Puss in *Alice's Adventures in Wonderland*. Toen maakte hij een knikkend gebaar naar de zijkant van het huis. Maar toen ik bij de voordeur kwam, was hij daar niet. Dus liep ik de tuin in, langs de garage. En daar zag ik de jongen weer: hij zat in mijn favoriete klimboom van mijn ooms tuin, aan de rand van een weiland. Die boom keek uit over de maïsakkers van boer Bouman, waar ik me vaak verstopte. Naast die akkers lag nog een weiland, en voorbij dat weiland de Brede Koeweg, waaraan het huis van mijn grootouders lag. Daartegenover lag het huis waar ik woonde.

Voorzichtig liep ik naar de boom en begroette de jongen. 'Ik ben Ben,' riep ik. 'Ben van Deventer. En wie ben jij?'

De jongen keek me aan. Hij riep terug dat hij Thomas heette, Thomas Samson, naar de sterkste man uit de Bijbel.

'Thomas dus,' zei ik.

'Ja. Maar zeg maar Tom,' zei de jongen, die een tak naar beneden was geklommen. 'Dat zegt mijn vader ook altijd.'

Ik zei Tom dat ik hem al eerder had gezien, twee dagen eerder. 'Of je ouders in ieder geval. In de auto die achter de verhuisauto aan reed. Jij zal ook wel in die auto hebben gezeten. Toch?'

Ik vertelde hoe ik met mijn vader had staan kijken naar de verhuiswagen die over de Brede Koeweg was gereden. Die wagen was zo hoog geweest dat hij een paar overhangende takken had geraakt van de kastanjeboom die voor ons huis stond. Ze waren afgebroken en vol groene bladeren omlaag gekomen.

'Vanochtend hebben we die takken in stukken gezaagd, mijn vader en ik. Ik hoefde niet naar school.' Ik was er best trots op dat ik dat kon vertellen.

Tom zei niets. Hij stond op de laagste tak van de boom en tuurde uit over het weiland. Toen sprong hij uit de boom. 'Zeg, ken je de mensen die daar wonen?' zei hij. Hij wees naar het dak van het huis van mijn grootouders, dat aan de overkant van het weiland boven de bomen uitstak.

'Ja. Dat is het Oude Huis van mijn opa.'
'Het Oude Huis? Je bedoelt: hij woont er niet meer?'
'Nee, nog wel. Het *heet* het Oude Huis. En het *is* van mijn opa. Hij woont er nog steeds.'
'Gaaf,' zei Tom. 'Mag je daar dan ook naar binnen?'
Ik knikte.
Tom wreef zijn handen tegen elkaar en begon in de richting van het Oude Huis te rennen. Ik liep achter hem aan.

*

Het Oude Huis heette niet echt het Oude Huis. Het heette Huize Weldra, naar ons landgoed. Maar mijn grootvader noemde het nooit zo. Hij had het altijd over het Oude Huis.

Het Oude Huis was een omgracht herenhuis; het leek net een klein kasteel, zeker voor een kind. Het was wel vijftien meter hoog en had op elke hoek een ronde toren, met kantelen erop. Tussen die vier torens, in het midden van het dak, was nog een kleine, vierkante toren geplaatst, ook met kantelen. Toen ik klein was, was dat mijn kraaiennest. Want daarvandaan kon je de wijde omtrek zien: vanaf het Oude Ven, waar ik vaak met mijn vader viste, tot aan de boerderij van boer Bouman aan de rand van het bos, waar ik in het weekend hielp met het melken van de koeien. Als het heel helder was, kon je ook de kerktoren van Heerde zien en de schapen van meneer Willink op de weilanden bij het Smitsveen. Aan beide kanten van de grote voordeur van het Oude Huis stond een klein kanon op wieltjes. Als er gevaar dreigde, kon ik naar beneden rennen en met het gebulder de vijand naar huis jagen.

Het Oude Huis was een magisch huis. Echt *magisch*. Dat het dak altijd lekte, de slotgracht nooit water bevatte, en de kantelen van de torens tot je knieën kwamen, deed daar allemaal niets aan af.

*

Ook vanbinnen was het huis van mijn grootouders fantastisch. Het had drie verdiepingen die twee keer zo hoog waren als bij ons thuis en nog een kelder, en een begane grond met kamers met versierde plafonds en marmeren open haarden en drukbellen op de muren voor het vroegere personeel. Als je die bellen indrukte, lichtte op een houten bord in de kelder, onder aan de trap, een lampje op. De gangen waren zo breed dat ik er dwars in kon liggen, met mijn voeten tegen de muur, waarbij ik zelfs met gestrekte armen de andere kant niet kon raken. Op de begane grond waren verschillende hoge kamers – de voorkamer, de eetkamer, de bibliotheek – met portretten van grootvaders en -moeders en kasten vol zilverwerk.

De bovenste verdieping, die je via een groot en een klein trappenhuis kon bereiken, bestond volledig uit logeerkamers. In die kamers hingen zwart uitgeslagen spiegels en stonden hemelbedden van meer dan honderd jaar oud, van donker kersenhout, met witte gordijnen eromheen. Ze waren te klein voor de mensen van nu, en hadden matrassen die voor geen meter lagen. Al die logeerkamers hadden ingebouwde kasten die vol lagen met oude spullen. 'Oude troep,' zoals mijn grootvader altijd zei. Maar als ik hem vroeg wat het dan *precies* was, wat voor een oude troep ik in mijn handen had, was hij nooit te beroerd het uit te leggen.

'Ik vind het mooi,' zei ik dan terwijl ik het voorwerp in mijn handen koesterde. 'En handig.'

'Hou het dan maar,' zei mijn grootvader. 'Want wat ze tegenwoordig verkopen, dat is nieuwe troep. En dat is nog veel erger.'

*

In de hal van het huis van mijn grootouders, onder de wenteltrap, stond een kamervleugel, een Bösendorfer. Die was van vóór de Eerste Wereldoorlog. Mijn grootvader speelde graag op die stoffige, ouwe piano, met een sigaar in zijn mond, en zijn lange benen naar voren gestrekt. Hij speelde altijd klassieke stukken: Rachmaninov, Liszt, Beethoven. Soms nam hij mij op zijn schoot, en liet hij mij wat meepingelen. Ik geloof dat mijn liefde voor muziek maken daarvandaan komt, van die uren op schoot bij mijn grootvader, achter de piano, met de geur van zijn sigaren om ons heen.

Mijn grootvader was een man van meer dan twee meter, met grote handen en een grote neus, en met grijs, opzij gekamd haar en waterige ogen. Hij rook altijd naar sigarenrook. Opa was een statige man, maar ook een man met een goed gevoel voor humor: op een van zijn wandelstokken had hij een fietsbel geschroefd.

Elke zaterdagochtend, vanaf dat ik een jaar of zes was, om acht uur precies, haalde mijn grootvader me op voor een wandeling. Hij kwam dan met zijn vier honden: twee zwarte, een bruine en een witte labrador. Ik hield van die vier honden, maar Soesja, de witte hond, dat was mijn favoriet. Want Soesja was de slimste. Soesja kon niet alleen apporteren, ze kon ook een poot geven, zelfs een achterpoot. En deuren openmaken, als opa dat wilde. Mijn grootvader vertelde dat Soesja in zeven jachtseizoenen maar drie keer had verzuimd de prooi te vinden.

Mijn grootvader droeg altijd een pak, dus ook tijdens onze wandelingen, en altijd met een vest eronder. In zijn vestzakje zat een zakhorloge. Daar keek opa regelmatig op, als hij naar woorden zocht.

Tijdens onze wandelingen over het landgoed leerde mijn grootvader mij alles over de natuur: de namen van de bomen langs het veld, van de gewassen in de grond, en van de dieren in het bos. 'Brood voor de ogen, jongen,' zei hij dan, 'en voer voor de geest. Want hoe meer je weet, hoe meer je ziet. En hoe meer je ziet, hoe meer plezier je beleeft.'

*

Onze wekelijkse wandeling eindigde altijd in grootvaders studeerkamer, met een kop thee of een glas limonade. Dan zette opa me neer in de grote, leren leunstoel bij de boekenkast, ging achter zijn bureau zitten en begon te praten. Veelal over de geschiedenis van de familie of het landgoed, maar soms ook over de fabriek. Opa's fabriek maakte een speciaal soort stuc, dat vochtdoorlatend was en toch isolerend. Daardoor ging verf niet meer bladderen op de muren. Hij had het zelf uitgevonden. Op de schouw van mijn grootvaders werkkamer stond een bal van dat spul ter grootte van een voetbal op een standaard te pronken, alsof het 't laatste dodo-ei was.

Als opa was uitgepraat, haalde hij het schaakbord tevoorschijn.

'We gaan het weer proberen,' zei hij dan. 'Misschien dat ik je deze week wel kan verslaan.'

Voor mijn grootvader was schaken een kunst in het kijken. Het was kijken naar de opstelling van de stukken, en het zien en het verkennen van de diverse mogelijkheden. Voor mij was schaken vooral dicht bij mijn grootvader zijn: hem ruiken, zien, en aanraken. Ik keek naar mijn grootvaders handen, met die levervlekken erop, en met die kleine, zwarte haartjes op zijn vingers. Ik rook de tabaksgeur. En ik luisterde naar hem, want bij elke zet die opa deed, legde hij zijn beweegredenen uit.

'Paard naar c3,' zei hij. 'En weet je waarom? Omdat je paarden nooit aan de rand van het bord moet plaatsen. Daar zijn ze nutteloos. Alleen slechte schakers komen met hun paard aan de rand van het bord uit.'

Mijn grootvader leerde mij in mijn eerste schaaklessen aanvallen, dekken, ruilen en rokeren. Pas later kwamen de verschillende openingen: Frans, Spaans, Siciliaans. Maar wat mijn grootvader mij vooral leerde, in die eerste lessen, is dat het voor de ontwikkeling van je spel altijd beter is te beschermen dan weg te gaan. Dat wil zeggen: wanneer een stuk in de problemen komt – wanneer je dus een toren of een loper dreigt te verliezen – is het altijd beter een tweede stuk naar voren te schuiven, in plaats van het eerste stuk terug te trekken. En dat de beste stukken om te dekken de paarden en de raadsheren waren. Altijd.

*

Er is een lange tijd geweest dat ik niet heb geschaakt. Maar hier heb ik, op aanraden van de begeleiding, het schaken toch maar weer opgepakt. Ze zeiden dat het goede gymnastiek was voor mijn hersenen. Ik ben begonnen met het oplossen van wat schaakproblemen, eerst uit de bijlage van de krant, en toen uit een boekje dat een meisje van de begeleiding had meegebracht. *Schaakproblemen*, heette dat.

'Los op: wit aan zet en wint in elf zetten.' Of: *'Wit geeft mat met drie zetten.'* En: *'Met welke (offer)combinatie won Bobby Fischer als wit aan zet tegen Bent Larsen?'*

Man, op die schaakproblemen kon ik mezelf echt kapot kijken. Dan keek ik en dan keek ik maar, maar dan zag ik de oplossing niet. En vroeger had ik die zo gevonden. Daar werd ik enorm opstandig van, want het kwam natuurlijk door de medicijnen.

Maar wat de psychiater mij leerde, was dat het goed was op te staan en het probleem even te laten liggen als ik het niet meteen zag. Dat ik mezelf niet moest laten frustreren door het probleem of herinneringen aan vroeger. Na een rondje te hebben gelopen of een nacht te hebben geslapen, moest ik weer naar het probleem kijken. Grote kans dat ik de oplossing meteen zag.

En vaak klopte dat: dan zag ik dat ik me te veel op de losse pion had geconcentreerd, terwijl de oplossing bij de loper en de toren lag. Die twee stukken moest je opofferen. Vervolgens schoof je de koningin en de pion naar voren en kon het grote jagen beginnen.

Maar toch kwam ik soms niet uit de moeilijkere schaakproblemen, ook niet als ik er een nachtje over sliep. Omdat ik niet meteen achterin het boek naar de oplossing wilde kijken, zocht ik iemand die mij kon helpen. Het meisje van de begeleiding dat mij het boekje had gegeven, vertelde dat Steven, een jongen met lang, blond haar die meedeed aan het coachprogramma, vrij goed kon schaken. Het coachprogramma bestond uit vrijwilligers die een keer per week langskwamen om te praten over je problemen, maar die geen medische achtergrond hadden. Ze hadden echter wel verstand van andere zaken.

Dus vroeg ik Steven op een woensdagavond of hij mij wilde helpen met mijn schaakproblemen. Ik had een schaakbord meegebracht om de verschillende mogelijkheden te bekijken.

Dat wilde Steven wel. Maar dan wilde hij tijdens het helpen ook over andere dingen praten. 'Want ik ben te oud om alleen nog maar over raadsheren en kasteeltorens en paarden te spreken.' Ik vond het best. Sindsdien lossen Steven en ik elke woensdagavond een schaakprobleem op. Daarna bespreken we mijn voortgang. En als er nog tijd over is, spelen we een potje snelschaak. Binnenkort gaan we kijken waar ik na mijn ontslag zou kunnen gaan wonen. Ik hoop dus dat dat bij mijn oom kan. Steven zegt: wellicht.

*

Er was nog een tweede piano in het huis van mijn grootouders, in een kleine kamer naast de hal. Het was een staande piano, een Pleyel, en de vroegere studiopiano van mijn moeder. Ik heb er ook nog een tijdje les op gehad, van mevrouw Vonneau. Mevrouw Vonneau had opgestoken, grijs haar en ze was erg oud. Maar echt *oud*: ze had mijn moeder nog les gegeven. Met mevrouw Vonneau speelde ik vooral stukken van Beethoven. Dat vond zij de grootste componist die ooit had geleefd.

Mevrouw Vonneau heeft me wel eens verteld hoe muzikaal mijn moeder vroeger was, hoe goed ze kon pianospelen en hoe mooi ze zong. Ze vertelde me dat mijn moeder op het conservatorium had gezeten, in Den Haag. Volgens mij heeft mevrouw Vonneau me zelfs eens verteld dat mijn moeder in die tijd een grote prijs heeft gewonnen. Maar dat weet ik niet zeker. Ik heb die prijs in ieder geval nooit gezien. Sterker nog: ik heb mijn moeder nooit horen pianospelen. Of zingen.

Oké, dat laatste is niet waar. Ik heb mijn moeder wel eens horen zingen. Toen ik een kleuter was en niet in slaap kon komen, zong mijn moeder altijd een liedje voor me. Een liedje uit *Sneeuwwitje en de Zeven Dwergen*. Dat was vroeger lange tijd de enige film die wij op video hadden. Ik heb hem wel honderd keer gezien, die film. Maar *echt*.

In het begin van *Sneeuwwitje en de Zeven Dwergen* zit Sneeuwwitje op haar knieën te boenen. Ze zucht diep en haalt een emmer water uit de put. Dan vraagt Sneeuwwitje de duiven bij de put of ze een geheim willen horen. Nou, dat willen de duiven wel.

'We staan bij een wensput,' zegt Sneeuwwitje. En ze begint te zingen:

Make a wish and choose a well,
That's all you have to do,
And if you hear it echoing,
Your wish will soon come true.

Dan komt er een prins aangereden – op een wit paard, natuurlijk – en die klimt over een muur heen en zingt de laatste noot. Dan is het liedje voorbij. De film gaat verder met een ander liedje, 'One Song', een ode van de prins aan de prinses.

Maar dat eerste liedje, dat 'I'm Wishing' heet, dat zong mijn moeder dus voor mij. En dat kon ze mooi zingen, mama, mooier dan Sneeuwwitje zelfs.

✳

De eerste dag met Tom liep ik naar het huis van mijn grootouders. Ze waren niet thuis. Opa was naar de fabriek en waar oma was, dat weet ik niet meer. Maar gelukkig was Pieter, de tuinman, er wel. Pieter had een grote snor, met bruine, zwarte en grijze haren, die over zijn bovenlip hing. Alleen als hij lachte, zag je Pieters tanden. Ze hadden bruine randen van alle sigaren die hij van opa had gekregen. Pieter krabde altijd met zijn duim aan zijn wenkbrauw als hij rookte of als hij sprak.

Pieter liet me die middag via de achterdeur naar binnen. Toen deed ik de voordeur open en liet ik Tom binnen. Ik liet hem het Oude Huis zien. We begonnen bovenin, op het dak, en eindigden beneden, in de kelder, in de wapenkamer van grootvader. Daar hingen zijn geweren en lagen enkele oude revolvers achter glas in een gesloten kast. Tom vroeg of ik wist waar de sleutel van die kast lag. Dat wist ik wel, zei ik: ik had mijn grootvader hem vaak genoeg zien verstoppen.

'Laat eens zien dan.'

Om indruk op Tom te maken, pakte ik de sleutel uit een oud, gedeukt tabaksblikje dat in een klein ladekastje lag en maakte de kastdeur open.

'Gaaf,' zei Tom, en hij pakte een revolver op. Hij vroeg of ik ook wist hoe ik ermee moest schieten.

Ik schudde met mijn hoofd. Ik had nog nooit een wapen vastgehouden.

Tom mikte met de revolver op mij en kneep een oog dicht. 'Dat moet je dan maar eens vragen, aan die ouwe opa van je, of hij je wil leren schieten.'

Ik pakte de revolver uit Toms hand. 'Pas als ik wat ouder ben, leert opa me schieten,' zei ik.

Tom draaide zich om en pakte een jachtgeweer uit een opengeslagen koffer in de kast. Op de zijkant van het geweer, in bewerkt ijzer, stond de naam van mijn grootvader. Hij klapte het geweer open en keek in de loop, precies zoals mijn grootvader altijd deed.

'Zwaar wel,' zei hij.

'Ja,' zei ik. 'En leg hem nu maar weer terug.' Ik had nog nooit een geweer vastgehouden.

'Je bent wel een beetje een angsthaas,' zei Tom, en hij hield het geweer nog even in zijn handen. Toen legde hij het op de koffer. 'Je opa is toch niet thuis? En je moeder is er ook niet.'

Ik haalde mijn schouders op en probeerde het geweer terug in de koffer te doen. Maar het paste niet. Toen begon ik te wrikken. Opeens ging het geweer af. Met een keiharde knal. Mijn oren suisden.

Ik had een stuk van de koffer kapotgeschoten, en hagelballetjes zaten in het pleisterwerk van de muur.

*

Het klopte wel wat Tom zei die eerste middag: ik was een schijterd, toen. Dat kwam zo: ik mocht *nooit* iets van mijn moeder. Ik mocht niet op voetbal, niet in bomen klimmen, niet door het huis rennen. En ik moest altijd beloven voorzichtiger te zijn dan de rest. Het enige wat ik mocht, was op schaken. En op pianoles, dus. Daarom nam ik haast nooit iemand mee naar huis: omdat ik me ervoor schaamde dat ik nooit iets mocht van mijn moeder.

Dat mijn moeder zo deed, kwam voornamelijk door iets wat begon toen ik zeven jaar oud was. Op een avond, toen ik in bed lag, begon in het donker iemand tegen me te praten. Een mannenstem. Terwijl ik wist dat er niemand in mijn kamer was. Ik deed het licht aan en keek onder mijn bed en in de kast maar vond niets. Maar toen ik weer in bed ging liggen begon de stem weer te praten. Ik trok mijn kussen over mijn hoofd. Maar ook daar sprak de stem mij aan. 'Dag Ben,' zei hij. 'Hoe is het?' Toen begon ik te neuriën, een stuk van Beethoven dat ik die dag van mevrouw Vonneau had geleerd, maar de stem sprak door – 'Beethoven, hè? Wat leuk. Vind je dat wat?' – en dus gaf ik antwoord op zijn vraag. Ik zei dat ik het wel goed vond, maar ook moeilijk om te spelen, moeilijker dan Mozart in ieder geval. De stem zei dat hij het ook lastig had gevonden, Beethoven. Maar ook dat hij me zou helpen het stuk goed te leren spelen.

Toen we een tijdje met elkaar hadden gesproken, vroeg de stem me of ik het raam voor hem wilde openen, zodat hij naar buiten kon. Dat deed ik. En hij verdween.

Maar de dag daarop was de stem terug. En had hij wat vrienden meegenomen. Zo ging dat elke daaropvolgende avond verder: elke avond was het keten, bij mij in bed. Na verloop van tijd kwamen de stemmen ook overdag met mij praten. Ik sprak dan terug. Niet hardop, natuurlijk, maar in mijn hoofd. En de stemmen hoorden me; ze verstonden me. Ze waren altijd aardig tegen me. Sommige hielpen me inderdaad met pianospelen, of met mijn huiswerk, of tijdens de schaakwedstrijden die ik speelde.

Dan zeiden ze welke zetten ik moest doen, of welke zetten ik beslist niet moest doen. Vaak won ik die partijen dan ook.

Toen mijn moeder me op een dag vroeg waarom ik alle ramen van het huis had geopend en ik haar met mijn stomme kop vertelde dat ik dat had gedaan omdat de stemmen in mijn hoofd daarom hadden gevraagd, schrok ze. Ik zag het aan haar ogen. Later die week stuurde ze me naar een kinderpsychiater, dokter Van Polier. Dokter Van Polier was een heel grote vrouw, met een bril en brede heupen. Haar gezicht leek een beetje op dat van een pad.

Dokter Van Polier vertelde mij en mijn moeder dat ik jonge en zeer actieve hersenen had. Dat ik daardoor dingen hoorde in mijn hoofd, die daarbuiten niet bestonden. Maar ze zei ook dat er meerdere kinderen waren die stemmen hoorden, en dat er een grote kans was dat de stemmen in de loop van de tijd weg zouden gaan. Toch besloot dokter Van Polier me voor een korte tijd medicatie te geven tegen de stemmen, op aandringen van mijn moeder. En inderdaad: ze verdwenen.

*

Mijn moeder was vroeger een mooie vrouw. Ik weet dat omdat ik foto's uit die tijd heb gezien: dik, blond haar; blauwe ogen; een wipneusje; een mooi, symmetrisch gezicht.

Op haar tweeëntwintigste ging ze een jaar naar Engeland, om in Londen piano te studeren. Tijdens een uitstapje naar de oostkust kwam ze mijn vader tegen, een timmerman uit Liverpool. Hij had rossig, krullend haar en een baard en speelde gitaar in de lokale kroeg.

Vijf maanden nadat mijn ouders elkaar hadden ontmoet, waren ze verloofd. Daar hadden ze twee redenen voor: mijn moeder was in verwachting van mij en van mijn tweelingbroer, David.

Mijn ouders trouwden in Gelderland, in de tuin van mijn grootouders, op een zonnige voorjaarsdag in mei. Op de foto's is de buik van mijn moeder al goed te zien. Mijn vader draagt geen sokken. Mijn grootmoeder is op geen foto te bekennen. Ze had bronchitis.

Na hun huwelijk gingen mijn vader en mijn moeder in het koetshuis van mijn grootouders wonen. Vier maanden later werd ik geboren. En David, dus. Maar, zoals gezegd: David overleed drie dagen na onze geboorte. Daar was mijn moeder een jaar lang kapot van, zei mijn vader later. En in het begin kon ze daardoor maar slecht voor mij zorgen: ze lag de hele dag in bed.

Ik werd vernoemd naar mijn grootvader, Benjamin, en hoewel de achternaam van mijn vader Finn was, werd ik door mijn moeder Van Deventer genoemd. Van mijn grootvader hoefde dat niet, maar oma wilde dat graag: anders zou de naam uitsterven.

Opa was erg gesteld op mijn vader; hij had ontzag voor zijn handigheid. Het kon hem niets schelen dat mijn vader een timmerman was. Ik weet nog goed wat mijn grootvader zei toen hij met mijn vader voor mijn negende verjaardag een boomhut aan het bouwen was:

'Goed naar je vader kijken, jongen. Daar kun je nog wat van leren. En je grootvader ook. Want voer voor de ogen is –'

'– voer voor de geest,' zei ik.

Toch werd mijn vader na enkele jaren door mijn grootvader in het familiebedrijf opgenomen en bijgeschoold. Hij moest de Britse markt gaan bedienen. Volgens mij wilde mijn grootmoeder dat ook graag.

*

Van mijn grootmoeder kan ik me eigenlijk alleen herinneren dat ze, naarmate ze ouder werd, steeds meer ging dementeren. Het begon met op zondagmiddag veertien keer hetzelfde verhaal moeten aanhoren over Pieter en de tuin en het zes keer krijgen van snoepgoed, en het eindigde met haar opsluiting in een kleine kamer, die kamer waar de studiepiano van mijn moeder stond, met wat boeken op tafel en een kan thee voor haar neus. Daar moest ik haar dan elke keer even hallo zeggen als ik bij mijn grootvader langskwam.

Toen ik op mijn achtste een keer een week bij mijn grootouders logeerde omdat mijn ouders met vakantie waren, vroeg ik mijn grootvader waarom oma toch zo vreemd deed, en waarom ze mijn naam niet meer wist. Ik vroeg het tijdens de reclame van een film die we keken.

'Oma heeft moeite bij haar herinneringen te komen,' zei mijn grootvader. 'Haar geheugen is als een grote zolder, vol met dozen met stickers erop en spullen erin, maar oma weet niet meer zo goed in welke doos ze moet kijken om een herinnering op te halen, of wat sommige woorden betekenen die op de dozen staan. Alles zit nog wel in haar hoofd, maar oma weet niet waar ze moet zoeken om erbij te komen. Soms weet ze dus ook niet meer welke naam bij jouw gezicht hoort. En daar wordt ze verdrietig van, of bang. Begrijp je dat?'

Ik knikte.

'Heel goed. En daarom moeten we lief zijn voor oma. Want het is al vervelend genoeg dat ze zo in de war is. Gelukkig is ze vaak gewoon gelukkig, op de zolder in haar hoofd.'

'Maar –'

'Nee, nee,' zei mijn grootvader. 'Geen liedjes van verlangen meer. Het is tijd om naar bed te gaan.'

Man, mijn grootvader had het talent mij alles duidelijk te maken. Echt *alles*. Het klopte gewoon, wat hij zei, als je begrijpt wat ik bedoel. *Ik* snapte het in ieder geval allemaal. Ik weet zeker dat als hij nog zou hebben geleefd, alle ellende van de afgelopen jaren niet was gebeurd. Dan had hij mij eerder kunnen vertellen wat er allemaal aan de hand was.

*

Achter het huis van mijn grootouders lag een groot bos. Tom en ik speelden daar 's zomers vaak verstoppertje, of soldaatje, en we bouwden er hutten, ondergronds – die groeven we dan uit en de kuilen bedekten we met dennentakken en bladeren – of in de bomen. Een paar van onze hutten waren zo stevig gebouwd dat ze er nog steeds wel zullen zijn.

Maar de beste hut, die er helaas niet meer is, die maakte ik – zoals gezegd – niet met Tom maar met mijn vader en grootvader, in de zomer van mijn negende verjaardag, in een zomereik in een weiland aan het begin van de Brede Koeweg. Die boom was de grootste boom die ik ooit heb gezien. Hij had een stamomtrek van wel zes meter en was zeker twintig meter hoog. Aan één kant hingen de takken tot op de grond, op een bed van brandnetels, en aan de andere kant begonnen de eerste takken pas op een hoogte van een meter of vier, bij de splitsing van de stam. En daar werd mijn hut gebouwd, op een platform, in een tweehonderd jaar oude boom.

In de winter, als de bladeren waren gevallen, kon je de boomhut goed zien. Het leek wel een klein huis, zo groot was hij. De hut had twee vertrekken met een deur ertussen, een dak dat niet lekte en een balkonnetje dat ook als overloop tussen de twee kamers diende. Een van de kamers had een groot, open raam met kozijn, en twee stoelen en een tafel. De andere kamer was leeg.

Om in de boomhut te komen, had mijn vader een touwladder bevestigd aan een tak boven het balkon. Die ladder viel door een vierkant mansgat in de bodem van het balkon naar beneden. Met een ander touw kon je hem ophalen en neerlaten. Dat touw was zo dun, dat je het bijna niet zag. Ja, het was vrij ingenieus gemaakt allemaal, door mijn vader.

*

Op de middag van mijn negende verjaardag kwam ik na mijn eerste bezoek aan de boomhut met mijn vader thuis. Ik was euforisch. Toen ik de trap op liep, zag ik door de houten spijlen mijn moeder aan de keukentafel zitten, voor mijn mokkataart. Ze had haar handen voor haar gezicht gevouwen en was aan het huilen. Doodstil draaide ik me om en sloop de trap af. In de gang stond mijn vader zijn laarzen nog uit te trekken.

'Papa,' zei ik. 'Mama is aan het huilen.'

Mijn vader keek me aan. Zijn voet zat vast halverwege de schacht van zijn laars, die met de hak weer in de houten laarzenknecht stak.

'Echt?' zei hij.

Ik knikte.

Hij pakte de bovenrand van zijn laars vast en duwde zijn voet er weer in terug. 'Kom maar,' zei hij. 'Dan gaan we toch nog even naar oma toe.'

Toen we buiten liepen, vroeg ik mijn vader waarom mama moest huilen. Ik was toch jarig?

'Natuurlijk is mama vandaag vrolijk omdat jij jarig bent. Maar ze is ook een beetje verdrietig omdat het vandaag ook de verjaardag van je broertje is.'

✳

Zolang ik me kan herinneren, luister ik al naar The Beatles. Dat komt door mijn vader. Maar toen ik Tom leerde kennen, had hij nog nooit van The Beatles gehoord. Zijn vader luisterde alleen maar jazzmuziek.

Dus liet ik Tom, een halfjaar nadat hij op Weldra was komen wonen, wat van The Beatles horen. We zaten op de vloer van mijn slaapkamer. Voor ons stond mijn kleine platenspeler en in mijn handen hield ik *A Hard Day's Night*. Ik gaf de hoes aan Tom, legde de plaat op de platenspeler en liet de naald op de rand zakken. Gekraak volgde.

Toen klonk het openingsakkoord van het titellied, dat akkoord dat iedereen kent, dat een deur in je hoofd open schopt. En na anderhalve minuut kwam er een schreeuw uit de luidsprekers. Of, beter: twee schreeuwen, die van John Lennon en van Paul McCartney, dwars door elkaar heen. Tom keek op en glimlachte. Bij de daaropvolgende solo van George Harrison, op piano meegespeeld door producer George Martin, begon hij zelfs met zijn hoofd op de maat te wiegen.

'Gaaf,' zei Tom, toen het lied voorbij was. '"*When I'm wrong, everything seems to be right*". Draai dat nog eens.'

*

De muziek van The Beatles was een wereld waarin Tom en ik ronddwaalden. Het was een spel waarin we de melodieën en de ritmes moesten herkennen, de plotselinge wendingen aanvoelen, de luide stiltes waar drummer Ringo Starr een accent voorbij liet gaan.

We zongen de harmonie van Paul McCartney en John Lennon op 'I Saw Her Standing There' en onze handen en voeten bewogen mee met het ritme. En elke keer als de sologitaar van George Harrison in de mix verscheen, werd ik gek. Want *dat* wilde ik ook kunnen. Al snel kenden Tom en ik elk lied van de eerste Beatles-platen uit ons hoofd en stonden we met een tennisracket en een drumstel van potten en pannen mee te spelen.

En Tom en ik wilden alles van The Beatles weten. Maar echt *alles*. We vroegen boeken voor onze verjaardag, en posters, en films. We verdiepten ons in The Beatles als monniken in de Bijbel.

*

Man, The Beatles. Die had ik graag ontmoet. In 1960 in de Kaiserkeller in Hamburg, of in 1961 in The Cavern Club in Liverpool. Maar in 1965, in Shea Stadium in New York, dat was ook goed geweest.

Volgens mij kun je de carrière van The Beatles in vier perioden opdelen, gerelateerd aan een drug. Want hun werk is verweven met drugs. Het begint in Hamburg, met whisky-cola en preludinpillen. Met twee muzieksets van drie en een half uur op één avond. Met een zestienjarige George Harrison op sologitaar. Met de uren die The Beatles doorbrengen om een band te worden.

Na *Please Please Me* en *With the Beatles* en het bijbehorende grote succes stappen The Beatles van de pillen over op marihuana, via Bob Dylan. Bob komt *in the picture* door George Harrison, omdat die in 1964 verzot was geraakt op *The Freewheelin' Bob Dylan*. Je hoort het meteen terug, op *Rubber Soul*.

Dan komt daarna nog de lsd, op *Revolver en Sgt. Pepper*, en nog weer later de heroïne, met John Lennon en George Harrison en Eric Clapton, de meestergitarist van Cream en Blind Faith die meespeelt op *The Beatles*.

*

George Harrison, dat is *mijn* Beatle. Ringo, dat was Toms favoriete Beatle. Want Ringo was de meest sympathieke van het stel. Later, toen we een jaar of dertien, veertien waren, werd John Toms favoriete Beatle. Want John was de zware gebruiker, John was de artiest, en John had de beste stem. Maar John was ook een gemakzuchtige eikel, vond ik. 'Lui zweet is gauw gereed,' zei mijn grootvader vroeger vaak. En dat gold zeker ook voor John Lennon. Ondanks zijn goede stem. Of misschien wel *dankzij* zijn goede stem. Paul was natuurlijk de beste muzikant – *en* de beste zanger, dat weet iedereen – maar Paul was ook een beetje een uitslover. En een zijige flikker natuurlijk, met zijn 'Yesterday' en 'Let It Be'.

*

Toen ik in de voorlaatste klas van de lagere school zat, vroeg ik voor Kerstmis een gitaar. En een olifant. Dat laatste deed ik vooral omdat mijn moeder vond dat ik de Kerstman een alternatief moest bieden voor de gitaar.

Gelukkig kreeg ik de gitaar. Het was een akoestische. Ik had niet verwacht dat ik hem zou krijgen, want mijn moeder had een hekel aan muziek in huis. Toen ik rond mijn vijfde, zesde zo veel pianospeelde bij mijn grootvader en op les ging bij mevrouw Vonneau, heeft mijn grootmoeder wel honderd keer aangeboden de Pleyel bij ons neer te zetten, zodat ik ook thuis piano kon spelen. Maar dat wilde mijn moeder niet.

Hoe dan ook: mijn eerste gitaarles kreeg ik die kerstochtend, van mijn vader. Hij leerde mij de toonzetting van de snaren, van dik naar dun: E-A-D-G-B-E. *Een Aap Die Geen Bananen Eet.*

Man, dat was nou typisch mijn vader: in de gitaarwinkel vragen of ze hem een Nederlands ezelsbruggetje voor de snaren wilden leren.

Toen liet mijn vader me de grepen van drie akkoorden zien: het D-, A- en E-akkoord. Met die drie akkoorden, zei mijn vader, en een ritme, kon je 'Love Me Do' spelen. Dat deed hij dus ook. En ik zong mee:

Love, love me do.
You know I love you.

Toen het lied voorbij was, gaf mijn vader de gitaar aan mij. '*Practice these chords,*' zei hij. '*Get them to sing.*'

✳

Ik ging op gitaarles en Tom ging drummen. Dat hadden we zo besloten omdat we een band wilden beginnen, maar wel een band met een harde beat, met een drummer, dus. We hadden al een naam bedacht: The Roll Over Beethovens, naar dat liedje van Chuck Berry, dat George Harrison zong op *With the Beatles*. Want daar waren Tom en ik dol op.

Ik ging op gitaarles op de muziekschool in Heerde, waar ik les kreeg van Rudi. Rudi was een Duitser, uit Osnabrück, die twintig jaar eerder naar Nederland was gekomen maar nog steeds met een zwaar accent Nederlands sprak. Rudi gaf les in de kelder van de muziekschool, zodat de versterkers van de elektrische gitaren lekker hard konden.

De eerste keer dat ik les van hem had, zei hij: 'Joenge, je maakt geen goete greep so. Gebruik die dhuim mheer, ja? Gewohn *drücken*. Alsof je je dhuim naar je *maus* brengt.'

Rudi had lang, zwart haar dat hij altijd in een paardenstaart droeg, en blauwe ogen. Hij had de langste en dunste vingers die ik ooit heb gezien. Maar echt. Je vroeg je af hoe hij de snaren naar beneden kon drukken met die vingers. Rudi droeg vaak een spijkerjasje en een spijkerbroek, met een T-shirt van een of andere gitarist eronder. Meestal was dat Eric Clapton, en soms Keith Richards. Want die eerste – en niet Jimi Hendrix – was volgens Rudi de beste gitarist van de jaren zestig.

Rudi leerde mij in twee weken gitaarles meer over melodie, ritme en tempo dan mevrouw Vonneau in vier jaar had gedaan. Die bleef maar zeuren over noten, toonsoorten en compositie. En na elke vier maten spelen hamerde ze me af en begon ze te zeiken over speelaanwijzingen. Rudi niet. Die liet mij spelen.

Rudi's opvatting over muziek maken was simpel: minder is meer. Hij hield niet zo van gitaristen die duizend noten nodig hadden om wat te zeggen. Die virtuositeit sloot de luisteraar buiten, vond hij: 'Groots gitaar spelen, Ben, is de luisteraar *und* de kern raken, met minimale middelen.' En dan voegde hij daar in het Duits aan toe: '*Edle Einfalt, stille Größe.*'

Dat kan lullig klinken, zo'n Duitse spreuk, maar edele eenvoud *is* stille grootte. Bovendien: Rudi zei het niet plechtstatig of zo, nee hij zei het gewoon. Zonder pretenties of *Bildungs*gelul.

Edle Einfalt betekende niet dat je alles altijd maar kort en klein moest spelen, maar dat je alles altijd zo kort en zo klein *mogelijk* moest spelen. Dat je elke noot en elke rust een functie moest laten vervullen, en hem anders moest laten vervallen. Dat je, met alles wat je deed, de muziek verder bracht. Dat alles wat je speelde, *telde*.

'*Alles so einfach wie möglich machen,*' zei Rudi dan. '*Aber nicht einfacher.*'

Luister maar eens naar de gitaarsolo's van George Harrison op de vroege platen van The Beatles. Daar zit geen noot te veel tussen. Echt niet. Of luister eens naar zijn gitaarsolo op 'Something', van *Abbey Road*, het laatste album dat The Beatles opnamen. Jongen, dat is gewoon een schitterende solo: een solo vol noten als geslepen stenen uit een rivierbedding. Een heldere rivierbeek. Een solo waarvan alle ruis is weggespoeld. Want *dat* is George Harrison: *all killer and no filler*.

En na zo'n uitleg begon Rudi een akkoordenprogressie te spelen, in A, bijvoorbeeld.

'*Spiel* hier maar eens iets overheen,' zei hij dan. 'Wat je hoort.'

Man, er gaat niets boven samen muziek maken. Om dat wat je in je hoofd hoort naar buiten te laten komen. Om naar elkaar te luisteren, elkaar aan te vullen.

Muziek maken is praten, is luisteren: is praten *en* luisteren. Hoor en wederhoor, weet je wel? Goede muziek is geen egotripperij. Goede muziek is een gesprek. In hetzelfde ritme komen en elkaar verstaan. Elkaar beantwoorden. En Rudi en ik, wij, wij *verstonden* elkaar. Echt, wij *praatten* met elkaar.

TWEE

Tom was een jaar ouder dan ik. Of had ik dat al gezegd? Hoe dan ook: dat was hij. Dat betekende dus dat toen Tom bij mij op de basisschool kwam, ik in de vierde klas zat en hij in de vijfde. En dat betekende dus weer dat we elkaar vooral in de pauzes zagen, bij het fietsenhok.

In Toms laatste jaar stonden we daar met zijn tweeën, in die houten hokken, met de verroeste blikjes, plastic flessen en bladeren die door ons in de hoek bij elkaar waren getrapt en haalde Tom zijn pakje sigaretten tevoorschijn.

Eén keer vroeg ik Tom hoe hij aan al die sigaretten kwam. Voor mijn gevoel had hij elke dag een nieuw pakje bij zich.

'Ik steel ze,' zei hij. 'In de supermarkt. Als mijn moeder afrekent en de caissière niet kijkt. Ze liggen daar in van die lage schappen. Je kunt ze gewoon pakken, zonder te kijken. Maar je moet oppassen dat je niet het verkeerde pakje pakt. Dat overkwam me een keer toen ik kauwgum wilde jatten. Waren het vloeitjes. Stond ik op mijn kamer honderd van die witte papiertjes uit de verpakking te trekken, in de hoop dat er nog een kauwgompje bij zat. Mijn moeder kwam binnen en vroeg me wat ik aan het doen was. Ik zei: "Mam, ik ben vliegtuigjes aan het vouwen. Een eskader vol."'

De eerste keer dat ik had gerookt, was het Tom geweest die me een sigaret aanbood. Toen hij me het pakje voorhield, had ik geaarzeld. Ik dacht aan mijn moeder. 'Ik weet niet...' zei ik.

'Kom op,' zei Tom. 'Gewoon proberen. Als je het niets vindt, vind je het niets. Dan weet je dat in ieder geval.'

Ik nam de sigaret aan en zette hem aan mijn lippen. Bij de eerste trek moest ik hoesten als een mijnwerker. Tom moest lachen.

'Vind je het niet lekker?' vroeg hij. 'Geef dan maar weer hier.'

'Nee, nee,' zei ik. 'Ik moet gewoon even wennen.' Ik nam nog een hijs en moest weer proesten, maar minder hevig. 'Beter,' zei ik, met piepende stem. 'Het gaat al beter.'

'Heel goed,' zei Tom, en hij nam de sigaret van mij over. 'Als iets de eerste keer niet gaat, moet je het gewoon een tweede keer proberen. Want twee keer is reeds recht. Dat heb ik mijn vader eens horen zeggen.'

*

Op een dag had ik straf: ik was 's ochtends door de conciërge betrapt op roken en moest de pauze binnenblijven. Dus zat ik daar: in het klaslokaal, achter mijn tafeltje, rekensommen te maken. Buiten was het schoolplein volgelopen. Tom kwam voor het raam van het klaslokaal staan. Hij gebaarde dat hij me wat moest vertellen. En dat daar haast bij was. Ik wees naar de docent die voorovergebogen achter zijn bureau zat.

Tom maakte een mismoedig gebaar met zijn gezicht en richtte zijn handen naar de hemel. Hij schudde met zijn hoofd en zei nog iets. Ik begreep het niet.

'Je moet van...'

De laatste woorden begreep ik niet. Ik kon ze niet van zijn gezicht lezen. 'Ik versta je niet,' zei ik.

Tom wees naar mij. 'Je moet vanmiddag...'

Opeens stond meester Nix naast mijn tafel. Hij kuchte in zijn hand. 'En wat zijn wij, Ben van Deventer, precies aan het doen?' Ach man, die Nix, met zijn grijze haren en zijn kale hoofd. Die deed ook altijd waar hij zelf zin in had. Maar echt. Van onderwijsvernieuwingen en rookverboden had hij nog nooit gehoord. Tijdens muzieklessen zongen wij gewoon 'Dear Prudence' en niet 'Vader Jacob' of 'Deutsche Tanze', en dan dirigeerde hij ons met een sigaret in zijn hand. Ik mocht dat wel.

Maar goed: *toen* vond ik hem niks, die Nix. Want hij liet me die ochtend binnenblijven en nu vroeg hij me dus wat ik aan het doen was. Bovendien: als hij zo dicht bij je in de buurt kwam, rook je hoe erg hij naar leverpastei stonk. Dat kwam doordat hij elke dag met hondenvoer ontbeet, omdat hij geen geld had. Dat had Floortje, een meisje uit mijn klas, een keer tegen Tom gezegd.

'Niks,' zei ik. 'Ik deed niks.'

'Je deed niets? Ik dacht toch echt dat ik je tegen iemand hoorde praten.'

'Ik trok wat gekke bekken in de ramen,' zei ik.

'Ach zo,' zei Nix, en hij keek naar buiten. Tom was verdwenen. 'Gekke bekken trekken. En je weet wel waarom je hier zit?'

Ik knikte.

Maar Nix zei dat hij niet geloofde dat ik het had begrepen. Hij liep naar het schoolbord en schreef mijn naam rechtsboven, in het vak voor de middagnablijvers.

En daardoor kwam ik weer te laat voor mijn laatste halfjaarlijkse bezoek aan dokter Van Polier. Mijn moeder was die avond behoorlijk boos op me; ze was er speciaal voor opgestaan.

*

Vanaf mijn tiende of mijn elfde – ik weet het niet precies meer, misschien was het ook wel eerder – werd mijn moeder steeds vaker en steeds sneller moe. Als ze een klein eindje had gelopen klaagde ze al dat ze spierpijn had, en nadat ze de trap op was gekomen was ze duizelig. Ze kon zich niet meer concentreren bij het lezen van de krant. En als ze op bed ging liggen, veranderde dat eigenlijk niets. Ze bleef moe en draaierig.

Van mijn grootvader hoorde ik dat mijn moeder al eens eerder zo ziek was geweest. De eerste drie jaar na mijn geboorte was dat. Daarom speelde ze ook geen piano meer. Ze had van de ziekte chronische pijn in haar botten gekregen.

Met de jaren werden de klachten erger. Mijn moeder lag steeds vaker hele middagen in bed, in het donker. Soms riep ze me haar kamer binnen. Dan zat ze rechtop tegen de muur, en hield ze haar handen op de dekens, met slechts een nachtlampje aan en de gordijnen dicht. Ze kon alleen nog maar fluisteren.

Het is grappig: in het begin nam ik geen vriendjes mee naar huis omdat ik dat niet durfde, omdat ik me schaamde voor mijn moeder, en toen ik dat wel wilde, toen mocht het niet. Het zou te veel geluid maken. Want als ik zacht de ijskastdeur dichtdeed, keek mijn moeder me al aan alsof ik zo hard met de voordeur had gesmeten dat de ramen in hun sponningen rinkelden.

Doordat ik binnen zo op mijn tenen moest lopen, vluchtte ik steeds vaker naar buiten, naar het huis van mijn grootouders, of naar de boomhut. Omdat mijn moeder wel wilde weten waar ik was, hing ik een zelfgemaakt bordje aan de klink van mijn slaapkamerdeur. 'Ben in de boomhut,' stond er op de ene kant. En 'Het Oude Huis,' aan de andere.

*

Het was in de herfst van het eerste jaar dat Tom op de middelbare school zat. Tom en ik zaten in de schuur van mijn grootouders te roken. We leunden tegen de grote band van de trekker van mijn grootvader.

'Hoe zou het zijn om in zo'n ding te rijden?' zei Tom.

Ik kende de toon in Toms stem goed: hij stelde geen vraag, maar deed een voorstel. Het was een opening: de eerste zet in een schaakspel. Pion naar e4.

Ik draaide mijn hoofd opzij en keek naar de witte verf in het midden van het wiel. Ik haalde mijn schouders op.

Dat was een goed antwoord. Ik zette mijn pion tegenover de zijne: e7 naar e5. Blokkade e4. Pion c7 naar c5 was natuurlijk ook een optie, maar ik wilde het spel op slot gooien, niet openen.

Tom wierp de sigaret op de grond en stond op. Hij drukte de gloeiende peuk met zijn schoen uit. Hij schoof zijn loper naar buiten: f1 naar c4.

Maar man, ik had geen zin in gedoe. Echt niet. Dus bleef ik tegen de band aan zitten en schoof mijn paard naar voren, naar c6, naar het midden van het bord. Dekking aan alle kanten.

Tom probeerde ondertussen het deurtje van de cabine. Het zat niet op slot. De sleutels van de ontsteking lagen op het stoeltje.

'Aha,' zei hij, en hij keek mij lang aan, de sleutels bungelend in zijn hand. Hij rolde nu de kanonnen naar buiten: koningin schuin naar voren, naar de rand van het bord. Ik kon twee dingen doen om het spel te frustreren: pion g7 naar g6 verplaatsen, of pion d7 naar d6. Ik deed het laatste.

Maar wat denk je? Met zijn volgende zet, koningin naar f7, zette hij me schaakmat.

*

De trekker startte in één keer. Dat gaf een mooi geluid, hoewel ik het ook wel eng vond. Ik zat met één bil op een trillend, versleten stoeltje naast Tom. Hij hield het grote stuurwiel in zijn handen en keek om zich heen. Aan de rechterkant van de cabine, tussen mijn benen, staken diverse lange poken omhoog.

'Nou,' zei ik, 'hij doet het en het voelt zeker goed, maar weet je zeker dat we –'

Maar Tom wist het zeker: hij bewoog de hendels al driftig heen en weer. Voor op de trekker gingen twee vorken omhoog en omlaag. 'Die niet dus,' zei Tom. 'Deze dan misschien...' Hij duwde een grote pook naar voren. 'Nu gas geven,' zei hij.

'Ik weet niet,' zei ik, maar drukte wel het gaspedaal in: de trekker stootte met een schok naar voren. Even later stonden we weer stil.

'Heel goed,' zei Tom met een grijns. 'Maar je moet wel gas blijven geven, natuurlijk.'

*

Tom en ik reden het grasveld over, in achtervolging van een groep kraaien. Maar de vogels vlogen op zodra we in de buurt kwamen. En alsof ze ons wilden pesten, gingen ze vijftien meter verderop weer zitten. Ik voelde me net Dia, een van opa's zwarte honden: die liep ook altijd als een dolle achter de vogels aan.

Na een kwartier rondrijden zetten we de trekker terug. Ik was behoorlijk opgelucht dat we niets kapot hadden gemaakt. Maar het grasveld waar we overheen waren gereden, werd door mijn moeder gebruikt om met haar paarden te rijden. En een week later bereed ze daar voor het eerst in lange tijd weer haar favoriete paard, Joy. Toen ze aan de rand van het veld een diep bandenspoor zag, dacht ze: dat ziet Joy ook wel, die groef ter grootte van een dakgoot. Maar dat verdomde paard zag dat bandenspoor dus helemaal niet. Hij stapte erin en scheurde een pees.

Joy kon niet meer geholpen worden: de pees was helemaal door en het dier was te oud voor een operatie. Mijn moeder moest Joy laten afmaken. Ze had hem al vijftien jaar.

De avond van Joy's inslapen zei mijn moeder dat het mijn schuld was dat hij afgemaakt moest worden. Ik had die sporen tenslotte veroorzaakt. Ik had hem vermoord.

'Maar het was mijn schuld niet,' zei ik. En ook niet die van Tom. Het was natuurlijk ook niet de schuld van mijn moeder, dat wist ik ook wel. Het was gewoon pech. 'Wij konden toch niet weten dat –'

Maar mijn moeder onderbrak me. Ze wilde er niets meer over horen. Ze was er te moe voor. Ik moest mijn moeder beloven niet meer met Tom op te trekken: hij had een slechte invloed op me. Als ze me nog één keer over hem zou horen, ging ik niet naar een middelbare school, maar naar een internaat.

Vanaf dat moment spraken Tom en ik in het geheim af, in de boomhut. Het Oude Huis was te gevaarlijk: daar kwam Pieter nog wel eens.

*

Ik was een behoorlijke schaker – op mijn tiende ben ik nog eens een keer tweede geworden in het Noord-Nederlands Kampioenschap in Groningen – maar Tom was de echte schaker van ons tweeën, al deed hij nooit mee aan toernooien. Tom was zo'n goede schaker, omdat hij altijd een extra zet vooruit dacht, voor zichzelf *en* voor de ander. Daardoor wist Tom wat jij over twee beurten wilde zetten en wat hij moest doen om dat te blokkeren. Als ik tegen jongens van mijn leeftijd speelde en ik wilde winnen, dan stelde ik me altijd voor wat Tom in mijn plaats zou doen. Vaak hielp dat, want op die manier kon ik voor die andere jongens vooruitdenken.

Als Tom tegen mijn grootvader speelde, waren dat behoorlijk spannende partijen en echt geen walk-overs. Ik heb zelfs een keer meegemaakt dat Tom bij de openingsstelling een paard opofferde om opa's koningsstelling te verzwakken, en dat mijn grootvader dat in het begin helemaal niet doorhad. Echt: hij zag het niet. Man, ik keek naar dat bord en klapte bijna van spanning uit elkaar. Maar toen Tom met de volgende zet begon te jagen, zag mijn grootvader de verzwakking helaas wel. En met een tegenzet wist hij Toms aanval te blokkeren.

'Mhmm,' zei hij toen. 'Goed gezien, jongen.' En hij aaide Tom over zijn hoofd.

Mijn grootvader was dus wel op Tom gesteld. Hij vond

het leuk dat ik gezelschap had op Weldra; iemand in de buurt om mee te spelen. Althans, zolang Tom me niet te veel problemen bezorgde. Want over de dood van het paard was ook opa verdrietig: hij had het namelijk aan mama gegeven. Maar zelfs daarna vroeg opa nog naar Tom. Mijn vader niet: die koos de kant van mijn moeder. Hij sprak met geen woord meer over Lucifer Sam, *the Siam Cat*.

*

Hoe ouder ik werd, hoe vaker mijn vader van huis was. Meestal was hij in Engeland. Voor zijn werk. In het begin kwam hij nog elk weekend terug, maar later werd dat steeds minder. En op een gegeven moment, zo aan het einde van de lagere school, was hij alleen nog met de vakanties thuis. Hoewel ik dat vervelend vond, want ik hield van mijn vader, vond ik het tegelijkertijd ook niet zo erg: want als papa wel thuis was, hadden mijn ouders toch alleen maar ruzie.

Want dat ben ik vergeten te vertellen, dat mijn ouders vaak ruzie hadden. Die ruzies konden dagen duren. Maar alleen in het begin werd er geschreeuwd. Daarna zwegen mijn ouders alleen nog maar tegen elkaar. En daar had ik niet zo'n last van. Sommige ruzies gingen over mij, maar vaak gingen ze ook over gezeik waar ik geen zak mee te maken had: papa's werk en mama's ziekte en weet ik veel wat. Mijn moeder nam mijn vader bijvoorbeeld kwalijk dat hij er nooit was terwijl zij zo ziek was, maar als hij dan wel thuis was, dan vond ze ook weer duizend dingen om over te klagen. Daar werd mijn vader dan weer boos over.

Mama had dan soms ook weer de energie om te kunnen schreeuwen over hoe ongelukkig ze was, terwijl ze normaal gesproken alleen maar kon fluisteren. Meestal liep mijn vader tijdens zo'n ruzie naar buiten. Of hij bleef zwijgend aan tafel zitten. Want als ik erbij was, zei hij nooit wat terug. Althans, niets meer dan:

'*Not in front of the boy, darling. Not in front of the boy, please.*'
Alsof ik geen Engels begreep.

Ik hoorde mijn ouders wel eens ruziemaken als ik 's middags van school thuiskwam. Dan fietste ik door naar het huis van mijn grootouders en bleef daar slapen. Soms bleef Tom dan ook bij mijn grootouders slapen, ook al mocht dat niet van mijn moeder. Op die avonden lagen Tom en ik in het donker van een van de logeerkamers van mijn grootouders en speelden we en praatten we. Dat deden we net zolang tot mijn grootvader op de deur klopte en zei dat we moesten gaan slapen. Vaak deden we dan even alsof we sliepen en wachtten we tot de twee donkere strepen in het licht onder de deur verdwenen waren. Daarna speelden we weer verder. We speelden dat we de bemanning van een ruimteschip waren, in bedden van meer dan honderd jaar oud.

*

Als mijn vader in de vakanties thuis was, dekte hij de ontbijttafel altijd voor drie, maar meestal bleef mijn moeder in bed liggen. Dan moest ik haar een kop koffie brengen. Die koffie moest een bepaalde hoeveelheid melk en suiker bevatten zodat de smaak voor haar goed was, anders stuurde ze me weer terug naar de keuken. Man, geef me nu een kleurenstaal van veertien kleuren bruin, van kaki tot karamel en ik weet in welke kleur mijn moeder haar koffie wilde hebben. *Echt* waar. Het tweede kopje koffie, dat iets lichter van kleur moest zijn, bracht ik vlak voordat ik naar school ging.

*

Na de lagere school ging ik naar het Christelijk Gymnasium in Zwolle. Het schoolgebouw lag aan de Veerallee, vlak bij het water. Tom ging ook naar school in Zwolle, maar niet naar het gymnasium. We fietsten wel samen op tot aan de stadsrand. Dus spraken we elke ochtend af op de hoek van de Brede Koeweg en de Oude IJssel, op weg naar school. Het was elke dag meer dan drie kwartier fietsen, zowel heen als terug. In de zomer plakte onze rugzak op onze rug en kregen we muggen in onze ogen; in de winter kwam de koude wind door onze handschoenen heen en waren onze vingers versteend. Het duurde in een warm klaslokaal wel een halfuur voordat er weer gevoel in kwam: dan begonnen de toppen pijnlijk te tintelen.

Om onszelf tijdens onze dagelijkse fietstocht te vermaken vertelden Tom en ik elkaar verhalen. De meeste van die verhalen gingen over figuren uit boeken en films die wij kenden van toen wij kleiner waren en over de nieuwe avonturen die ze beleefden. Die verzonnen we dan zelf. En man, maakten die wat mee, de luilakken. De Kleine Prins, bijvoorbeeld, die ging dromen verzamelen met de Grote Vriendelijke Reus. En The Famous Five gingen op zoek naar Paddington Bear, die door Cruella de Vil was ontvoerd, om een jas te maken van zijn bont.

Bij de stadsrand namen Tom en ik afscheid van elkaar. Vaak waren onze verhalen nog niet af, maar dat was geen probleem: op de terugweg gingen wij dan verder.

*

Het was een zaterdagochtend, in de winter. Ik was dertien en zat in de tweede klas van de middelbare school.

Ik liep door de diepe bandensporen van een trekker achter mijn grootvader aan. De modder was opgevroren en de sporen waren gevuld met regenwater, met daarop een dunne ijslaag, die onder mijn laarzen in kleine stukken brak. Overal lagen rode, oranje en bruine bladeren met rijp erop op de grond. Opa liep een paar stappen voor mij. In mijn handen hield ik wat kleine wilgentakken die ik van hem voor mijn moeder had moeten verzamelen. Ik dacht aan de schaakpartij van een week eerder, toen Tom een remise had afgedwongen door een dolle toren te spelen. Misschien, dacht ik, gaat Tom deze week wel winnen. Het was niet langer onmogelijk.

Toen viel mijn grootvader voorover.

Hij deed niet eens zijn best zichzelf op te vangen.

*

Nadat mijn grootvader was overleden, heb ik drie dagen verstijfd in bed gelegen. Op de ochtend van de begrafenis moesten mijn ouders me uit mijn bed tillen en aankleden alsof ik een actiepop was. Zo voelde ik me ook, trouwens: van plastic, met een harde borstkas en stijve benen en leeg vanbinnen.

Tijdens de dienst zat ik naast mijn moeder, die heel hard moest huilen, en naast mijn grootmoeder. En net als oma kon ik niet huilen. Ik kon niets. Ik zat daar maar, in die kerk, op die harde houten bank met onze namen erop, en ik keek maar naar die houten kist, en ik begreep niet waar mijn grootvader was gebleven, waarom hij zichzelf niet had opgevangen, waarom hij mij had achtergelaten. Het was leeg en er kwam niets anders in mijn hoofd dan het beeld van mijn grootvader die viel en zichzelf niet opving.

Later stond ik op de begraafplaats, met mijn ouders. Nadat de dominee had gesproken, ging de kist met een harde schok naar beneden, zo dat donkere gat in de aarde in. Ik moest denken aan het gezicht van mijn grootvader in de kist. Het zag er zo koud uit. Het paste helemaal niet bij hem.

*

Enkele dagen na de begrafenis zat mijn vader op de rand van mijn bed. Hij hield de vingers van mijn linkerhand tussen de twee grote, ruwe palmen van zijn handen.

Toen keek hij naar me en glimlachte. Ik moest gapen.

'*Get some sleep*,' zei mijn vader. Hij deed dat wel vaker, aan het einde van de dag, in het Engels praten. Dat betekende dat hij moe was.

Ik was ook wel moe, maar ik wilde nog niet slapen. Ik dacht aan opa en aan mama en ik wist niet hoe het nu verder moest. Waar moest ik nu heen als mama moe was of als papa en mama ruzie hadden?

'Papa?' vroeg ik.

'Ja?'

Maar ik zei niets. Ik keek naar mijn boekenkast. Op de bovenste plank stond een verzameling van houten modelauto's die mijn vader en ik samen in elkaar hadden gezet toen ik klein was. Daaronder stond een rij boeken, mijn favoriete voorleesboeken van vroeger: *Gulliver's Travels*, in het Engels, *Alleen op de wereld*, in het Nederlands, want die was nog van mijn grootvader geweest, en *David Copperfield*, in twee talen. Ik wilde terug naar die tijd, dat ik nog voorgelezen werd door mijn vader.

'Papa,' vroeg ik toen. 'Wil je wat voor me zingen?'

Mijn vader vroeg me in het Engels of ik daar niet wat te oud voor was.

'Jawel,' zei ik. 'Maar...' Ik zuchtte. '*It's hard to explain.*' Ik keek mijn vader aan. '*Please?*'

'*Sure*,' zei mijn vader toen, en hij schraapte zijn keel.

'*Every day and all night,*' zong hij, zachtjes.

I'm trying to tell you you're all right.
Every day and every night,
I try to tell you it's black and white.

Ik sloot mijn ogen en lag op mijn bed onder de deken en ademde rustig in en uit en luisterde naar het lied dat mijn vader zong. Het gaf me een veilig gevoel; de stem van mijn vader. Toen mijn vader klaar was met zingen, hield hij mijn hand nog even vast. Toen boog hij voorover en drukte een kus op mijn voorhoofd. Ik voelde de stoppels van zijn baard steken. 'Slaap lekker, jongen,' fluisterde hij, en hij liep mijn kamer uit.

Niet veel later hoorde ik mijn moeder weer schreeuwen.

✱

Een week of twee na de begrafenis van mijn grootvader zat mijn moeder al aan tafel toen ik de keuken binnen kwam. Het was een van de weinige keren dat ze zo vroeg op was. Mijn vader was nog steeds thuis. Ik gaf papa een zoen en ging aan de keukentafel zitten.

Mijn moeder had die ochtend een belangrijke afspraak bij de notaris. Ze was er de hele week al zenuwachtig van. 'En ik dan?' zei ze korzelig. 'Krijg ik geen kus?'

Ik verontschuldigde me en leunde over de tafel heen.

Mijn vader sloeg aan het fornuis een ei op de rand van de pan kapot: '*One egg?*' zei hij tegen me. '*Two?*'

'*Three,*' zei ik. '*For a girl.*'

Mijn vader moest glimlachen.

'Ik moet zo weg,' zei mijn moeder. 'Krijg ik die eieren niet?'

'*In a minute, dear. The boy has to leave soon too.* En hij moet wel goed eten voordat hij naar school gaat.'

Even later liet mijn vader drie gebakken eieren uit de pan op mijn bord glijden. Hij zette de pan terug op het fornuis en excuseerde zich. '*I'll be right back,*' zei hij. 'Even eieren halen.'

Ik nam een hap van mijn ei. Mijn moeder staarde naar het fornuis. Ernaast stond een kartonnen doos met vier eieren erin. Het vuur stond niet aan.

Toen hoorde ik aan de andere kant van het huis het geluid van een startende auto.

✱

Een halfjaar later ging mijn vader terug naar Engeland. Dat wil zeggen: op een dag kwam hij gewoon niet meer thuis. Hij was toen doordeweeks alweer de hele tijd in Engeland.

Mijn moeder vertelde het aan de keukentafel, dat mijn vader niet meer terugkwam. Ik mocht kiezen, zei ze: of ik ging met mijn vader mee, achter hem aan dus, naar Engeland, of ik bleef thuis, bij haar, in Weldra. Maar als ik thuis bleef, dan bleef ik ook thuis. Ik kon niet elk weekend naar mijn vader gaan. Het was niet zo dat zij het werkpaard was en hij de dekhengst. Dat zei mijn moeder gewoon: dat *zij* een werkpaard was.

Ik hoefde niet lang na te denken. Ik bleef. Niet voor mijn moeder, natuurlijk, maar voor school, voor de gitaarlessen van Rudi, en voor Tom. En omdat mijn vader tegen mij had gelogen, daarom bleef ik ook, natuurlijk.

'Weet je het zeker?' vroeg mijn moeder.

Ja, ik wist het zeker.

'Goed,' zei ze. 'Dat is dan besloten.'

In een brief die hij later die week schreef, zei mijn vader dat ik, zodra hij een huis had gevonden, elke vakantie mocht langskomen. Ik weet niet waarom ik niet meteen een brief heb teruggeschreven waarin ik zei wat mama had gezegd: dat ik niet 'zomaar' naar Engeland mocht, dat ik het ticket dan zelf maar moest betalen.

Want de volgende drie en een half jaar zag ik mijn vader niet. Dat had telkens een andere reden. Of mijn moeder wilde niet voor het ticket betalen, of ik had wat anders te doen. Brieven kwamen wel, elke maand zelfs, maar op een gegeven moment stopte ik met terugschrijven. Je hebt je vader ook maar zoveel te vertellen, weet je wel? Desondanks schreef mijn vader door. Elke brief sloot hij hetzelfde af. In het Nederlands schreef hij:

'Een kus van je vader.'

Als je wilt, zou je kunnen zeggen dat mijn vader me heeft achtergelaten. Dat hij het schip verliet, zodra hij kon. Maar volgens mij is dat niet helemaal waar. Want het was niet zo dat mijn vader op een of ander tropisch eiland uitstapte. Man, ben je wel eens in Engeland geweest? In de winter, als het regent?

*

Mijn moeder knapte na het vertrek van mijn vader wonderbaarlijk snel op. Ze had zelfs al vrij snel een nieuwe vriend: Rob. Rob schilderde; hij was kunstenaar. Hij had een ringbaardje om zijn weke mondje en droeg rode lakschoenen onder zijn pak.

De eerste keer dat ik Rob ontmoette, was op een zaterdagochtend, nadat hij bij mijn moeder had geslapen. Met alleen een boxershort en een T-shirt aan kwam hij de keuken binnen. Hij wreef in zijn ogen.

'Hé knul,' zei hij. 'Goed geslapen?' Hij trok de ijskast open, haalde er een pak melk uit en zette het aan zijn lippen.

Het was de eerste keer dat wij elkaar ontmoetten, en Rob speelde de 'Hé knulletje'-kaart. Ik wist niet wat ik moest zeggen. Dus deed Rob dat maar.

'Ik ben Rob,' zei hij, en hij stak zijn hand uit. 'Maar je mag ook Robbie zeggen, hoor, als je wilt. Of "R", als je "Robbie" te lang vindt. Alles is goed, behalve Robbert. Dat klinkt zo ouwelullerig.'

'En dat ben je niet?' vroeg ik. 'Een ouwe lul?'

Rob schoot in de lach. 'Dat is een goede, *maestro*. Een heel goede.'

Ik keek Rob aan, met zijn warrige haren en gekke T-shirt en verdomd hippe baardje waar melk in hing. Toen kwam mijn moeder binnen, in badjas. Rob sloeg een arm om haar middel en drukte een kus op haar wang.

'Hé schat. De chef en ik waren net maten aan het worden.'

Maten, mijn reet. Echt: mijn *reet*. En dat wist mijn moeder ook wel. Zeker toen Rob en ik een paar keer flinke ruzie kregen. Dus toen mijn grootmoeder een paar maanden later naar het verzorgingstehuis werd gebracht, en mijn moeder in het Oude Huis ging wonen, met Rob, die van mijn moeder een Triumph-sportauto had gekregen, mocht ik in het koetshuis blijven wonen. Voor het avondeten kon ik in het Oude Huis terecht.

∗

Dan is er nog iets waarover ik wil vertellen: het blowen. Dat begon aan het einde van de tweede klas van de middelbare school, na het vertrek van mijn vader, maar voordat mijn moeder ging samenwonen.

Het was een koude maar heldere winterdag. Ik was op de familiebegraafplaats in het bos en stond voor het graf van mijn grootvader. Het grijs van de grafsteen was lichter dan dat van de stenen ernaast. Ik vroeg me af of er nog botten zaten in de kisten die daar onder de grond lagen. Tom stond naast me.

'Mis je hem?' vroeg hij toen.

Ik keek Tom aan en knikte. Natuurlijk miste ik mijn grootvader. Meer nog dan mijn eigen vader, zelfs.

Uit zijn jaszak haalde Tom een soort van sigaret, een

shagje. Maar de sigaret was dikker dan normaal, en aan de rookkant stak een rondgedraaid papiertje naar buiten.

'Hier,' zei Tom. 'Misschien helpt dit.'

'Wat is dat?' vroeg ik.

'Wat dat is?' Tom schudde zijn hoofd en begon te lachen. 'Alsof je dat niet weet, man.'

*

The Beatles probeerden marihuana voor het eerst op 28 augustus 1964 in het Delmonico Hotel in New York. Bob Dylan, ook geen kleine jongen in de muziekwereld, was 's avonds uitgenodigd op hun hotelkamer. Toen John de drank en de pillen tevoorschijn haalde – tot dat moment hun *drugs of choice* – stelde Dylan iets anders voor. '*Haven't you got anything green?*' zei hij.

Nee, dat hadden ze niet, zeiden The Beatles. En als dat wel zo was geweest, zouden ze nog niet weten wat te doen: ze hadden nog nooit geblowd.

Bob geloofde zijn oren natuurlijk niet. The Beatles, nog nooit geblowd? Maar ze zongen toch: '*It's such a feeling that my love, I get high?*' Nee, nee, zei McCartney. Het was: '*My love, I can't hide.*'

Ze hadden dus nog nooit geblowd. Maar er was geen man overboord: Dylan had wel wat wiet bij zich. Hij begon meteen te draaien. McCartney ook, maar geen joints. Nee, *Macca* rolde een paar handdoeken op en legde die tegen de onderkant van de hotelkamerdeuren aan. Hij dacht aan het imago van The Beatles.

Toen Dylan de joint gedraaid had en aangestoken, keken alle vier The Beatles elkaar aan. Niemand deed iets.

Toen nam Ringo, de oudste van het stel, de joint aan. Hij nam een diepe hijs. Daarna gaf hij hem door aan de anderen.

Paul werd die avond zo stoned dat hij dacht het diepste wezen van de wereld te hebben doorgrond. Hij liet een van de aanwezigen pen en papier zoeken en dicteerde zijn inzicht. De volgende ochtend, weer nuchter, zocht McCartney het notitieblaadje op. '*There are seven levels,*' stond er.

Maar toen ik voor de eerste keer blowde, die middag, aan het graf van mijn grootvader, had ik geen diepe inzichten of vreemde trip of zo. Echt niet. Ik had alleen maar buikpijn. En dus heb ik toen die halve begraafplaats ondergekotst.

Toch rookten Tom en ik de volgende dag opnieuw een joint. Met succes, dit keer. Ik werd zo high als een vlieger; en man, ik had me nog nooit zo ontspannen gevoeld. Het was zoals Tom bij mijn eerste sigaret had gezegd: wat de eerste keer niet ging, moest je gewoon nog een keer proberen. Twee keer is reeds recht.

Dat was dus wat Tom en ik de komende jaren deden: met zijn tweeën in de boomhut hangen en blowen. Muziek luisteren. In het koetshuis kwam ik weinig: ik merkte dat mijn moeder daar soms onverwachts binnenviel, of tussen mijn spullen rommelde.

*

Dat jaar bleef ik voor het eerst zitten, in de tweede klas. Mijn moeder was er niet zo boos over: ze begreep het wel. Opa was overleden en mijn vader was verhuisd. Van het blowen wist ze gelukkig niets.

Dat tweede jaar in de tweede had ik weinig tijd nodig voor school. Dus verkende ik de bakken lp's die mijn vader had laten staan. Ik waaierde uit, zeg maar. En niet alleen om meer muziek te leren kennen, maar ook om mijn vader beter te leren kennen: want op de achterkant van elke lp had hij de liedjes aangestreept die hij goed vond.

Ik luisterde dus naar The Kinks en naar Cream en naar Jimi Hendrix, maar waar ik ook naar luisterde, het duurde nooit heel lang voordat ik terug kwam bij die vroege Beatlesplaten: *A Hard Day's Night*, *Beatles For Sale*, *Help!*, *Rubber Soul*.

Soms had ik helemaal geen zin naar mijn vader te luisteren. Dan koos ik zelf een plaat uit, op de voorkant dus, of op de titel. Mensen die denken dat die dingen niets met muziek te maken hebben, die begrijpen niets van rockmuziek.

*

Déjà vu, van Crosby, Stills, Nash & Young, dat is een plaat die ik puur en alleen op de voorkant uitkoos. Die plaat heeft een donkerbruine, dubbele hoes, waar met gouden old English-letters de namen van de muzikanten op staan, en de titel van de plaat. Daaronder een sepiakleurige foto, de vier hoeken in het omslag geschoven. Het eerste wat opvalt aan die foto is een grote huskyhond, die op de voorgrond staat en de kijker aankijkt. Achter die hond zit David Crosby, op een schommelstoel, met een geweer op zijn schoot, en die eeuwige druipsnor op zijn gezicht. Helemaal links staat Neil Young, *The Shakey Kid*. Hij hangt ontspannen, bijna onzichtbaar, tegen een boomstronk aan. Als hij niet zo'n wit overhemd zou dragen, zou je hem niet eens zien. Young heeft een uitdrukking op zijn gezicht alsof hij net een bank heeft beroofd. Man, een bende cowboys die een meesterkraak heeft gezet, dat is wat die foto afbeeldt. Amerika in 1879. En Graham Nash, Stephen Stills, Dallas Taylor en Greg Reeves, ze staan er allemaal bij als revolverhelden, als bandieten met een beat.

Dat is wat rock-'n-roll in essentie is: rebellie, agressie, gevaarlijke muziek. Rockgitaristen zijn moderne revolverhelden.

Nu we het toch over *Déjà vu* hebben: David Crosby, dat was verdomme nog eens een muzikant. Mensen die zeggen dat rockmuziek geen emotie kan opwekken, dat het alleen maar lawaai is, die moeten eens luisteren naar 'Almost Cut My Hair', het derde nummer van die plaat. Daar werd ik vorige week nog mee wakker. Crosby's stem is *all over the place*. Als die je niet meeneemt en tegen de rotsen kapotslaat van verlangen, verdriet en vertwijfeling, dan weet ik het verdomme ook niet meer. Dan ben je geen mens.

Overigens wilde Crosby, nadat hij de ruwe versie van 'Almost Cut My Hair' had teruggehoord, zijn zangpartij opnieuw inzingen. Hij was ontevreden over zijn stem. Gelukkig kon gitaargoeroe Stephen Stills hem hiervan weerhouden.

George Harrison had daar ook vaak last van, dat hij ontevreden was over zijn stem. En dat heb ik ook nooit begrepen. Goed, George was niet de beste zanger – hij had nog niet de helft van het bereik van Paul McCartney – en zijn stem was ook niet zo bijzonder als die van Lennon, maar de kwaliteit van Harrisons stem is dat breekbare element dat die andere twee stemmen, niet hebben. Je hoort het meteen als hij zingt, en het geeft zijn liedjes een bijna hartbrekend gevoel van menselijkheid.

Hier staat iemand zoals ik te zingen: dat hoor je. Want dat zijn de liedjes van George Harrison: liedjes van medeleven. Liedjes van troost.

*

Ik speelde inmiddels ook elektrische gitaar. Mijn vader had er een opgestuurd vanuit Engeland, voor mijn vijftiende verjaardag. Het was een imitatie van een Fender Telecaster. Ik speelde de hele dag op die gitaar, liedjes van The Beatles: 'Drive My Car', 'The Word', 'Good Day Sunshine'. Ik nam hem zelfs mee naar school. Daar oefende ik mijn solo's. Niet versterkt uiteraard. Maar toch: ik oefende. Ik oefende vooral op het verloop van mijn solo's, op de stap van de ene noot naar de andere, op mijn timing. Maar ik oefende ook om te leren horen waar de muziek *heen* wilde, zoals Rudi dat zei. Dat betekende dit: ik speelde een toonladder, dan nam ik een noot, uit die ladder, en vanuit daar ging ik verder, naar de volgende noot, niet die van de ladder, maar de noot die *vanzelf* kwam na de noot die ik speelde. En hoe langer ik wachtte, hoe verder die noot van de eerste noot vandaan lag. Zo ging ik dus de muziek achterna.

En over naar de derde klas.

*

De derde klas van de middelbare school. Je zit in een klein klaslokaal. En zomer of winter, het is er altijd te warm. Elke dag weer: de verwarming die loeit. Je wordt moe van die eeuwige warmte. Ze wikkelt zich als een deken om je heen. Ze doet je ogen dichtvallen.

Je hebt vannacht alweer slecht geslapen. Je kreeg je hoofd maar niet stil en bleef maar nadenken. Tot vijf uur 's ochtends lag je wakker en keek je naar het donker om je heen. Toen ging de joint eindelijk werken en sliep je in. Maar twee uur later werd je alweer wakker van de wekker. Nu zit je bij Nederlands, het eerste uur.

'Wat de schrijver daar doet,' hoor je, 'is de sterfelijkheid van de mens aantonen door deze vogels, op allerlei verschillende momenten in het boek, een rol te laten spelen. Terug te laten keren.'

Je glimlacht.

Dan stelt een jongen, een paar stoelen naast je, een vraag. Het is een domme vraag, die bij goede lezing van het boek niet gesteld zou hoeven worden, een vraag om het vragen stellen, om een voldoende te krijgen voor het participatieniveau. Dat de leraar daar intrapt, denk je nog als die begint met zijn antwoord. Maar je bent alweer weg.

Dat moment van inslapen, van wegdrijven. Beelden van een blauwe lucht met stukken witte wolk erin; flarden, die je als loodsboten wegslepen.

Je schrikt wakker van de stem van de docent. Pagina vierenveertig, zegt hij. Maja, kun jij lezen?

Je kijkt om je heen, maar niemand schijnt gemerkt te hebben dat je sliep. Op je wang voel je speeksel zitten. Je schuift je stoel wat naar achteren en zet je ellebogen op je knieën. Je plaatst je kin in je handen. Je moet gapen.

Je haat deze school, deze mensen. Deze bijenkorf. En langzaam vallen je ogen weer dicht. Je handen geven zo ver mee dat het lijkt alsof ze een hangmat willen zijn voor je zware hoofd.

Een urenslaaf, denk je. Een verdomde werkbij. Dat ben ik.

*

'Een bord zand, dat zijn jullie!' Dat zei mijn leraar Latijn altijd als hij boos werd van zo veel sloomheid om zich heen. 'Het is godverdomme net of ik een bord zand zit te eten. Ik wil wel' – dan vertrok hij zijn gezicht en maalde met wijd opengesperde kaken wat lucht weg – 'maar het lukt me niet. Ik krijg het mijn strot niet door.'

*

Voor mij was de middelbare school een gebouw dat je zo veel mogelijk moest ontlopen. Alles was beter dan Duitse rijtjes te moeten opdreunen, of klassikaal de *Lucifer* van Vondel te lezen. De tijd die je moest besteden aan een hoofdstuk over platentektoniek kon je ook gebruiken om rond te hangen aan de oevers van de IJssel of het Heerderstrand: om te zwemmen en muziek te luisteren en te kloten. Om te werken aan je doorbraak. En om te blowen, natuurlijk. Om *een rondje te leggen*, zoals wij dat dan noemden.

Om een rondje te kunnen leggen, legden Tom en ik ons zakgeld bij elkaar en kochten een zakje wiet bij de coffeeshop in Zwolle.

'Daar kunnen we zeker een week mee doen,' zei Tom dan om mij gerust te stellen. Maar drie dagen later stonden we alweer voor De Piramide ons geld te tellen.

Zo rookten Tom en ik vier jaar lang twee tot drie joints

per dag. Als je uitrekent hoeveel gram wiet dat is, kom je uit op een klomp van meer dan een kilo. Man, zo zwaar zijn je hersenen ongeveer.

*

Zoals ik al zei: Rudi en ik maakten samen muziek. Maar Tom en ik ook. Tom had zijn drumstel neergezet in de schuur tegenover het koetshuis, die we hadden omgedoopt tot de Brede Koeweg Studio's. Daar speelden Tom en ik hele middagen weg, met twee versterkers: één voor mijn gitaar en één voor de microfoon die ik van mijn oom had gekregen. Tom legde het ritme van het lied neer en ik strooide daar dan wat akkoorden of noten tussendoor en zong wat flarden tekst:

You know, my temperature's risin',
And the jukebox's blowin' a fuse.
My heart's beatin' rhythm,
And my soul keeps a-singin' the blues.

Dat klonk best behoorlijk. Echt waar. Hoewel ik in die tijd wel te vaak de *distortion* van mijn versterker op tien zette, moet ik zeggen.

Natuurlijk maakten Tom en ik voor de lol muziek toen, om te ontsnappen uit ons saaie leven. Maar we speelden ook wel met een ander idee van ontsnapping in ons achterhoofd: we wilden de muziek gebruiken om weg te komen uit Gelderland. We wilden zo goed worden dat we een plaat konden opnemen waarmee we op tournee konden gaan. Reizen naar Engeland en Amerika en de Filippijnen, net als de Beatles in 1964, 1965 en 1966. De wereld over. Aandacht krijgen. Maar daarvoor moesten we wel liedjes leren schrijven die de mensen van Zwolle tot Manilla zouden meezingen.

*

Op een dag in de herfst, toen ik in de derde klas van de middelbare school zat, kwam Tom omhoog, de boomhut in. Ik was bezig met het schrijven van wat teksten. Hij had wiet bij zich.

Toen Tom een joint begon te draaien, hoorde ik buiten iemand mijn naam roepen. Ik stak mijn hoofd uit het raam. Pieter, de tuinman, stond beneden. Hij vroeg of ik naar buiten kwam.

'Ik heb bezoek,' zei ik.

'O ja? Wat leuk. Van wie dan?' Ik draaide mijn hoofd om en keek naar Tom. Die gebaarde dat hij er niet was.

'Een vriendje van school,' zei ik. 'Mag dat?'

'Jawel. Maar je moeder vraagt of je zo komt. Jullie moeten naar de dokter. En ik wilde daarvoor nog even met de honden gaan lopen.'

'Oké,' riep ik. 'Ik kom eraan.'

Ik kroop weer naar binnen. Tom glimlachte naar me:

'Je moet er weer vandoor?' zei hij.

'Ja,' antwoordde ik, en ik pakte de touwladder op het balkon vast. 'Het spijt me, maar ik *moet* echt gaan. We gaan de honden van opa uitlaten.'

*

Rond deze tijd veranderden niet alleen de ambities van onze band, maar ook de naam en het repertoire. We heetten niet langer The Roll Over Beethovens maar The Farmer Collective. En we gingen meer eigen liedjes spelen. Ons beste liedje heette 'The Gun Song'. Ik weet dat het ons beste lied was, want het is het enige lied waar ik nog wel eens wakker mee word.

'The Gun Song' ging over een vader en zoon die er op een dag op uitgingen en zomaar wat mensen vermoordden. Het begon zo:

When I was young
My father said: 'Son,
Get out your gun.
We're gonna kill someone.'

Toen mijn moeder de bladen vond waar ik de tekst van 'The Gun Song' op had geschreven, snapte ze niet dat het een liedje was, en geen onderdrukte wens of de afscheidsbrief van een puber die zijn klas wilde vermoorden. Dus moest ik weer terug naar dokter Van Polier. Daarvoor kwam Pieter me ook ophalen, die middag met Tom.

Dokter Van Polier schreef me na enkele gesprekken kalmeringstabletten voor. Dat deed ze omdat ze dacht dat ik te veel energie had. En dat klopte wel, althans: een beetje. Mijn hoofd draaide soms maar door en door en door en dan kon ik niet slapen, hoe moe ik ook was. Wat dat betreft waren die pillen wel welkom.

Maar wat dokter Van Polier er niet bij vertelde was dat je duizelig werd van die pillen. En dat je er slappe vingers van kreeg. Echt ongelofelijk slap. En met die slappe vingers kon ik natuurlijk niet gitaar spelen. Doorbreken.

DRIE

In de lome, lange uren op de middelbare school, tussen alle troep, was één lichtpunt. Dat lichtpunt was meneer De Witt, onze geschiedenisdocent. De Witt was de enige leraar bij wie de bel aan het einde van het uur niet als een bevrijding klonk, maar als een verstoring.

Over De Witt deden de vreemdste verhalen de ronde: hij zou van adel zijn, in een woongemeenschap wonen, drie vrouwen hebben en vier studies hebben gedaan. En hij zou zich maar één keer per week wassen en scheren. Maar dat was natuurlijk allemaal onzin. Scholieren kunnen een boel verzinnen. Je denkt toch niet dat mijn basisschoolleraar Nix echt hondenvoer at voor zijn ontbijt?

Wat wel waar was, was dat De Witt altijd hetzelfde gekleed ging. Maar echt: *altijd*. Hij droeg een nette broek met een wit T-shirt erboven en daaroverheen een jasje. Dat T-shirt had elke dag een andere opdruk, maar welk shirt De Witt ook droeg, altijd had het een versleten, uitgezakte boord, waar zijn grijze borsthaar bovenuit krulde.

Als De Witt lesgaf, kwam hij altijd te laat het klaslokaal binnen, met een plastic bekertje koffie in zijn hand en zo'n wit roerdingetje dat boven de rand uit stak. Iedereen zat al op zijn plaats. De Witt zette het bekertje koffie neer op zijn bureau, hing zijn jasje over zijn stoel en ging zitten. Uit zijn binnenzak haalde hij een kleine leesbril met een dun ijzeren montuur, alsof hij het zelf van ijzerdraad had gevouwen, zette de bril op zijn grote haviksneus en sloeg het boek open.

'Aha,' zei hij dan. 'De Tachtigjarige Oorlog. Altijd interessant.'

Want wat het onderwerp ook was, het was voor De Witt altijd interessant. En wat voor een vraag er ook over werd gesteld, voor De Witt was het *altijd* een goede vraag, ook wanneer dat duidelijk niet zo was. Maar De Witt zei dat niet omdat hij een verliezer was of zo, zo'n docent die zichzelf zo snel mogelijk weer wil horen spreken en daarom het woord neemt met een compliment of een snauw; nee, De Witt zei dat omdat hij in elke vraag ook *echt* een goede vraag verborgen zag. Soms lag de vraag voor het oprapen, en soms moest hij hem oppoetsen, zoals ik mijn grootvader een keer met een stapel watjes en een fles terpentine een portret van mijn overgrootvader heb zien schoonmaken. Na twee poetsbeurten kwam de glinstering terug in zijn ogen. Dat is wat De Witt ook deed met rommelige vragen: ze kort oppoetsen, schoonmaken. De vragensteller belonen. Want dan kwam ook bij hem of haar een schittering in de ogen tevoorschijn.

Ja, De Witt was een goede vent. Maar *echt*. Hij is ook de enige van al mijn oude docenten die mij hier, in de adolescentenkliniek én in de Thorbeckehof heeft opgezocht. Zelfs toen ik zo gek was als een ui kwam hij nog langs om naar me te luisteren. Om me te laten praten. Om me te helpen mijn voeten weer op vaste grond te krijgen.

Voor elke barst in de bijenkorf waar wat licht doorheen kwam, waren er op de middelbare school natuurlijk ook duizend donkere uren. Informatiekunde, economie, verzorging. Ik heb er verdomme nog nooit iets aan gehad. Op zich is dat ook niet zo gek, want ik heb met die vakken ook niets geleerd. Wat wel jammer is – en gek – is dat ik meer dan duizend uur van mijn leven aan die vakken heb besteed. Dat zijn honderdveertig volle lesdagen. Toen ze me voor de eerste keer opnamen, in de Thorbeckehof in Zwolle, moesten ze de burgemeester daarvoor laten tekenen, om me honderdveertig dagen van mijn leven af te nemen. Ik vraag me af wie er voor die verdomde honderdveertig dagen van mijn middelbare school heeft getekend. En waarom.

*

Ik zat met Tom in de boomhut. We hadden in de stad een bakje met vijfhonderd punaises gekocht en we waren allerlei afbeeldingen die we uit muziektijdschriften en kranten en oude kaartenbakken hadden gehaald in een grote collage op de muren aan het plakken. We waren begonnen met enkele grote posters van The Beatles en Bob Dylan en Eric Clapton en daaroverheen plakten we nu de kleinere kaarten en foto's, en een paar zwart-witfoto's uit een fotoalbum dat ik uit het Oude Huis had gepakt. Tom schreef die middag een gedicht over alle foto's heen, op grote stukken verftape:

Ik ben de belichaming.
Een noorderling, een zonderling,

Een oude rivierenzwemmer.
Ik vis de IJssel af.

Wat het betekende, weet ik niet, maar ik weet nog wel dat ik het mooi vond staan, dat gedicht, in grote letters, dwars over onze muur heen, tussen de foto's van John Fogerty, Miles Davis en mijn grootvader.

✳

Die kerst, in de derde klas van het gymnasium, vroeg een jongen uit de vierde of ik met hem vuurwerk wilde verkopen. Winston heette hij. Ik had met hem in de brugklas gezeten. Winston kon via een vriendje uit Duitsland aan een grote partij strijkers komen maar hij had moeite het inkoopbedrag bij elkaar te krijgen. 'Er zit wel achthonderd in,' zei hij. 'Per persoon, hè?'

Ik twijfelde: Winston was een gevaarlijke vent. Maar ik kon het geld goed gebruiken: ik was verliefd geworden op een tweedehands Telecaster die ik bij de muziekwinkel in Zwolle had zien hangen. Die gitaar kwam uit 1969, was gebroken wit van kleur, en had een spierwitte sierplaat en een open brug. *Fender*, stond er op die brug. Het geluid van die gitaar was ongelofelijk: kleine ijspegeltjes die naar beneden vielen. Ik had er een hoop geld voor gespaard door minder te blowen, maar nog niet genoeg. Als ik in dit tempo zou doorsparen, bestond de kans dat de gitaar verkocht was tegen de tijd dat ik hem kon betalen. En wilde ik sneller gaan sparen, dan moest ik helemaal stoppen met blowen. Ik had dus een probleem. Maar het gespaarde bedrag was wel weer genoeg om het vuurwerk mee te kopen.

Na overleg met Tom besloot ik met Winston in zee te gaan. We konden het geluid van de gitaar goed gebruiken. De eerste week verkochten we zo veel vuurwerk dat ik bijna geen tijd had gitaar te spelen. We liepen binnen. Ik was nog maar een dag of twee van mijn Telecaster verwijderd, toen De Witt 's ochtends over het schoolplein kwam aangelopen. Hij groette ons.

'Ha meneer De Witt,' zei ik, en ik hield mijn rugzak open. 'Goedemorgen. Wilt u misschien wat strijkers kopen?'

Echt waar: dat vroeg ik, met mijn stomme kop. Of De Witt wat strijkers wilde kopen. De oude havik week van zijn koers af en kwam naar ons toe gelopen.

'Stop dat nu weg,' zei hij, 'en breng het naar huis.' Hij klonk boos, dat had ik nog nooit gehoord. 'Ik wil het hier niet meer zien, Ben. Begrepen?'

Ik zei niets.

'Ben, heb je dat begrepen?' De Witt keek me strak aan.

'Ja meneer,' zei Winston. 'We hebben het begrepen. Natuurlijk.'

Toen we op weg waren naar Winstons huis vroeg hij me of ik inderdaad gek was, zoals de mensen zeiden, en of ik van school wilde worden gestuurd. 'Want als dat zo is,' zei Winston, 'moet je het nu zeggen. Want dan trek ik me nu terug. Ik wil hier niets mee te maken hebben. Mongool.'

*

Twee dagen later, toen we in de pauze op het schoolplein stonden, ging daar een roddel rond. Sybrand, een wat stille jongen uit een parallelklas van Winston, had bij een vuurwerkongeluk twee vingers verloren. Hij had een vuurwerkbom willen maken van Duits vuurwerk dat hij op school had gekocht.

Diezelfde middag, na school, kwam De Witt naar Winston en mij toe. Hij had gehoord dat Winston en ik ons bij de rector moesten melden en aangeboden ons op te halen.

'Boven jullie hoofd hangt een heel groot zwaard,' zei De Witt toen we door de gangen liepen. Hij klonk zo geërgerd als de pest. 'Begrijpen jullie dat? En dat zwaard hangt aan een haar. Eén heel dunne haar. Willen jullie dat dat zwaard naar beneden valt?'

De Witt hield halt. 'Nou? Is dat wat jullie willen?'

Winston en ik zeiden niets. We keken naar de grond.

'Jullie zeggen ja op alles wat ik zeg, begrepen? En jullie kunnen je niet herinneren aan wie jullie allemaal vuurwerk hebben verkocht.' Toen liep hij met de rug naar ons toe weer verder. 'Ik wil niet dat jullie alle kaarten gesloten op tafel leggen, nog voordat er ook maar één hand is gespeeld.'

*

Toen ik die avond thuiskwam, zaten Rob en mijn moeder aan de keukentafel van het koetshuis op mij te wachten. Mijn moeder zei me dat ik vanaf nu weer in het Oude Huis kwam wonen, bij haar en Rob. Ik moest mijn kleren inpakken en meekomen. Mijn moeder wees me een logeerkamer toe, recht boven haar slaapkamer.

Die avond, na het eten, ging mijn moeder met Rob naar school, om met de rector te praten. Ik moest op mijn kamer blijven. Pieter zat beneden in de keuken, voor als er iets was.

Mijn moeder en Rob kwamen laat thuis. Ik hoorde hoe de auto over het pad kwam aanrijden. De kleine, grijze stenen knisperden onder de banden. Toen de motor zweeg, hoorde ik twee deuren opengaan en dichtvallen. Ik kwam uit bed en liep in het donker naar de slaapkamerdeur en stootte mijn tenen tegen mijn koffer vol kleren, waarvan ik was vergeten dat ik hem voor de deur had gezet. Ik liep hinkelend de trap af naar de overloop en bleef daar staan luisteren. Ik hoorde mijn moeder met Rob en Pieter praten in de keuken.

Na een tijdje ging ik op de bovenste traptrede zitten, met mijn rechterhand om mijn pijnlijke tenen heen. Ik hoorde mijn moeder over blowen praten, en over mijn voortdurende afwezigheid op school. Ze leek erg opgewonden.

Toen ging de deur van de keuken open. Rob kwam de hal in gelopen. Hij zag me zitten maar zei niets.

'En?' vroeg ik dus maar.

'En wat?' zei Rob.

'En word ik van school gestuurd?'

'Dat weet ik niet. Morgenochtend is er overleg. Daarna horen we het. Nu slapen, jij.'

*

Ik lag in bed, met de ijzeren veren van een oud matras in mijn rug, en hoorde mijn moeder in de slaapkamer onder mij met Rob praten. Ik kon niet verstaan wat ze zeiden. Ik hoorde alleen de afwisseling van hun twee stemmen; de zachte, lijzige stem van Rob en de opgewonden stem van mijn moeder. Ik keek naar de wekker naast het bed: twaalf uur. Het was te laat om Tom te bellen. Ik draaide me om.

*

De volgende ochtend werd ik gewekt door het geluid van de mussen in de grote kastanjeboom voor het Oude Huis. Ik kleedde me aan en liep naar beneden. Rob zat aan de ontbijttafel.

Op weg naar school vertelde ik Tom wat er de vorige dag was gebeurd. Hij begon te lachen.

'Dat heb je weer mooi voor mekaar gekregen,' zei hij. 'Sukkel. Bij je moeder en bij die kunstenaar wonen... pfff. Maar goed, er kan ook een voordeel aan zitten.'

'Wat dan?'

'Als je van school wordt getrapt, kun je ervoor zorgen dat je bij mij op school komt.'

Daar had ik nog helemaal niet aan gedacht.

'Haha,' zei Tom. 'Echt niet? Man, wat zou je toch zonder mij moeten?'

*

Maar ik werd niet van school getrapt. In de eerste pauze riep mijn leraar Latijn me naar het kantoor van de rector, mevrouw Bron. Zij vertelde me dat de school in overleg met mijn moeder had besloten mij strakker te gaan begeleiden. Dat betekende dat ik elke dag tot zes uur op school moest blijven om mijn huiswerk af te maken, en dat meneer Best dat zou gaan controleren.

Met Winston kreeg ik in de tweede pauze een soort van ruzie. Hij dacht dat Best er door mijn actie met De Witt achter was gekomen dat wij het waren geweest die het vuurwerk hadden verkocht. Ik was het daar niet mee eens:

Sybrand had dat natuurlijk verteld. Maar Winston wilde daar niets van weten. Hij dreigde me in elkaar te slaan als ik hem mijn deel van de winst niet gaf: hij had alles bij zijn ouders moeten inleveren.

'Maar ik ook,' zei ik.

'Dat interesseert me niets, jongetje.'

De volgende dag gaf ik hem de helft van mijn spaargeld.

'Is dat alles?' zei hij.

Ik knikte.

'Daar geloof ik niets van. *Lunatic*.'

*

Later die week had ik gitaarles van Rudi. We hadden ons de weken daarvoor beziggehouden met de gitaarpartijen van Jeff Beck. Dat was een gitarist die ik in de collectie van mijn vader had ontdekt. Vandaag was *Truth* aan de beurt, de eerste plaat van The Jeff Beck Group.

Rudi vond eigenlijk dat Jeff Beck een slechte invloed op mij had, omdat ik nog niet genoeg een eigen stijl had ontwikkeld. Beck speelde te veel *elektrische* gitaar, met distortion en feedback en tremolo-arm, terwijl ik volgens Rudi eerst nog moest leren zuiver te spelen, met vingervibrato's en *string bends*. Ik moest leren mijn tekortkomingen te overwinnen met oefenen en niet met trucjes te verbloemen.

Toen ik die middag thuiskwam in het Oude Huis, was er niemand. Ik legde de plaat van Jeff Beck op de oude platenspeler van mijn grootvader en zette hem aan. Staccatoslagen op een snaardrum klonken uit de boxen, met daaronder een zwaar brommende basgitaar en erover een snijdende elektrische gitaar. Toen begon Rod Stewart te zingen.

Ik draaide het volume omhoog en ging op de vloer van de woonkamer liggen. Ik liet de geluiden uit de boxen als water over me heen komen:

> *Come tomorrow, will I be older?*
> *Come tomorrow, maybe a soldier?*
> *Come tomorrow, maybe I'm older than today?*

Toen het lied voorbij was, stond ik op en liep naar de kast. Ik legde de naald weer aan de rand van de plaat. Dat deed ik vervolgens nog een keer of zes. Ik was voor de zevende keer aan het lied begonnen, toen mijn moeder de voorkamer in kwam.

'Wat is dit?' schreeuwde ze over de muziek heen.

Ik opende mijn ogen.

'Muziek,' zei ik. 'Huiswerk. Van Rudi.'

'Dit is geen muziek,' zei mijn moeder. 'Dit is herrie. Die platen van The Beatles die je boven draait zijn al erg genoeg, maar dit...' Mijn moeder liep naar de stereotoren en draaide de volumeknop helemaal omlaag.

Man, dat deed mijn moeder echt altijd, als ze de televisie of de autoradio of de stereotoren wilde uitzetten: het geluid wegdraaien. Wat betekende dat de muziek niet stilstond, maar stil *was*.

'Moet je niet aan je huiswerk?' zei ze. 'Je *echte* huiswerk?'

Ik schudde mijn hoofd. 'Dat heb ik allemaal al gedaan. Op school. In dat kleine concentratiekamp dat je voor me hebt aangelegd.'

Mijn moeder zweeg. Ik stond op en liep naar de kast.

'En nu zet ik de muziek weer aan,' zei ik.

'Je zet de muziek helemaal niet aan,' zei ze. 'Je gaat naar boven en aan je huiswerk.'

Ik draaide de volumeknop van de stereo ver open. 'Wat zeg je? Ik versta je niet.'

Mijn moeder pakte mijn arm vast. 'Je zet die herrie nu uit,' zei ze, maar ik verstond haar slecht door de muziek. 'Je weet dat je voorzichtig moet zijn... en wat doe je?... herrie... niet van tot rust? Als dit is... van Rudi moet luisteren, dan moet... ook maar eens voorbij zijn. Ik kan –'

'Kutwijf,' zei ik, en ik trok haar hand hardhandig los. 'Ik ga mooi wel naar Rudi, ja? Wat denk je wel niet. Je kunt niet zomaar iedereen van me afpakken: papa, Rudi, opa –'

En toen, ineens, sloeg mijn moeder me. Zomaar. Mijn moeder had me al zo lang niet meer geslagen dat het als een verrassing kwam. Ik draaide mijn hoofd opzij en legde mijn hand op mijn gezicht. Mijn wang voelde aan alsof hij in brand stond; mijn linkeroog kneep zichzelf dicht.

'Je noemt je moeder geen kutwijf,' zei ze.

'Nee,' zei ik. 'En je noemt je zoon ook geen dealer. Kankerhoer. Denk je dat ik –'

Mijn moeder hief haar hand opnieuw om me te slaan. En om te voorkomen dat ze dat deed, gaf ik haar een duw; een korte, zachte zet, naar achteren.

Echt, dat is het enige wat ik deed: mijn moeder een kleine zet geven, zodat ze me niet weer kon slaan. Want dat wilde ze doen, me weer slaan, net als vroeger. En het was geen harde duw. Echt niet. Maar mijn moeder stapte achteruit, tegen het haardbankje, en struikelde, zo met haar nek tegen de ijzeren vonkenvanger van de open haard aan.

*

Man, mijn moeder kan hier en in de adolescentenkliniek en tegen dokter Van Polier en god weet ik wie nog meer nog zo vaak zeggen dat ze me nooit heeft geslagen, maar dat deed ze dus mooi wel, vroeger. Toen ik klein was, deed ze het nog best vaak ook. Echt. En met die ringen aan haar vingers kon dat behoorlijk pijn doen ook. Eén keer sloeg mijn moeder me zo hard dat ze mijn voorhoofd openhaalde. De snee was zo groot dat de huisarts me naar het ziekenhuis stuurde om hem te laten hechten. Dat is echt waar. Ik heb het litteken nog om het te bewijzen. Het zit midden op mijn voorhoofd, onder mijn haargrens.

*

Toen mijn moeder terugkwam uit het ziekenhuis, had ze een plastic steunband om haar nek. En die zat daar dus door mij. Nou ja, dat kon mijn moeder in ieder geval *zeggen*: ik had haar tenslotte geduwd. Maar in feite was het natuurlijk net zoals een paar jaar daarvoor, met dat paard, een ongelukkige samenloop van omstandigheden. Het was niet altijd allemaal alleen maar mijn schuld.

Toen Rob 's avonds de slaapkamerdeur achter zich dichttrok, liep ik de trap af en klopte op de slaapkamerdeur.

'Ja?' zei mijn moeder.

Ik ging naar binnen. 'Ik kom mijn excuses aanbieden,' zei ik.

'O, jij bent het,' zei mijn moeder. 'Ik dacht dat je Rob was.'

Haar handen lagen op het witte laken.

'Mam, ik –'

'Jij,' zei ze. 'Jij, ja. *Jij* bent hiervoor verantwoordelijk.' Ze bracht een hand omhoog en raakte voorzichtig de plastic constructie om haar nek aan. 'Je bent mijn zoon en ik zal altijd van je houden, maar niet zo. Dit kan zo niet langer.'

'Het spijt me,' zei ik. 'Echt.'

Mijn moeder zweeg. Toen zei ze:

'Wat spijt je dan? Dit? Mijn nek? De drugs? Het vuurwerk? Alles?'

'Alles,' zei ik, 'behalve dat van het vuurwerk. En de drugs. Ik bedoel –'

'Ik wil het niet horen.'

'En ik wil hier niet zijn,' schreeuwde ik. Mijn moeder wilde nooit naar mij luisteren: ze wist altijd alles beter.

'En waar wil je wel niet heen dan?' vroeg mijn moeder.

'Naar papa,' zei ik.

'Naar je vader?'

Ik knikte.

'Dat is goed,' zei mijn moeder. 'Ga maar naar die vader van je, als hij je nog kan hebben. Ik koop wel een ticket voor je.'

*

De avond voor mijn vertrek zat ik met Tom in de boomhut te blowen. Mijn moeder had een ticket gekocht voor een lang weekend Engeland, van woensdag- tot zondagavond. Maar mijn plan was om langer in Engeland te blijven. Want als ik ergens kon doorbreken als artiest was het daar.

Buiten begon het avond te worden; de lucht kleurde steeds blauwer en het werd frisser in de boomhut. Door het open raam zag ik de eerste drie sterren aan de hemel staan.

'Wat denk je?' zei Tom. 'Mag je blijven, van je vader?'

Ik haalde mijn schouders op. 'Misschien. Misschien niet.'

Tom schudde met zijn hoofd. 'Ik hoop van niet,' zei hij. 'Dat klinkt misschien wat lullig, maar ik zou het ongezellig vinden, hier zo op dit *fucking* landgoed, zonder jou.'

VIER

Ik landde 's avonds laat op de John Lennon Airport in Liverpool. Mijn vader kwam me ophalen in zijn ouwe Land Rover Defender. De rit naar zijn huis in Lancashire duurde dik twee uur, en voerde over allerlei onverlichte wegen met gaten erin.

In de audiocassettespeler draaide een bandje van The Beatles. Ik pakte het plastic doosje uit het handschoenenkastje, waar nog meer van dat soort doosjes lagen, en hield het in mijn handen. Mijn vader en ik hadden die bandjes vroeger gemaakt zodat we ook in de auto naar The Beatles konden luisteren. Mijn handschrift was klein en priegelig. Ik las de titels en mijn ogen voelden zwaar aan. Ik gaapte. Ik wilde niet in slaap vallen, maar het gebeurde toch.

✳

Toen we bij het huis aankwamen en mijn vader de auto parkeerde, werd ik wakker. Ik had in tijden niet zo diep geslapen.

Het huis van mijn vader was een kleine landarbeiderswoning, met gepleisterde, witte muren en een laag rieten dak, dat aan één kant was ingevallen. Er lag een groot oranje zeil over het gat heen, dat op zijn plaats werd gehouden door een paar houten latten die aan de dakpunt en de dakgoot waren bevestigd. Een hoekpunt van het zeil flapperde in de wind.

'Hallo,' zei mijn vader toen. 'Heb je goed geslapen?' Hij vroeg het in het Nederlands.

Ik knikte.

Binnen zette ik mijn tas neer in een slaapkamer met een eenpersoonsbed en een houten kastje met een televisie erop. Op de grond lag geblokt zeil, dat koud was aan mijn voeten, al had ik mijn sokken nog aan. Mijn vader stond in de deuropening.

'Eén kop thee,' zei hij, 'en dan gaan we naar bed. Als je nog kunt slapen.'

*

De volgende ochtend werd ik gewekt door mijn vader. '*Good morning*,' zei hij. Hij praatte weer in het Engels. In zijn handen hield hij een stapeltje oude kleren, dat hij neerlegde op de stoel die naast het bed stond. Toen deed mijn vader de gordijnen open.

In het daglicht zag ik pas hoe mager mijn vader was geworden. Hij had ingevallen wangen en een slappe hals waar de boord van zijn shirt omheen lubberde. Zijn oogleden hingen zwaar naar beneden, en er zaten roodgekleurde ringen onder zijn ogen.

Mijn vader werkte als houthakker en timmerman voor een paar families in de buurt. Toen hij had gehoord dat ik kwam, had hij geprobeerd het meeste werk af te zeggen, en bij het merendeel van de mensen was dat gelukt, maar de klus van vanochtend, daar kon hij niet onderuit.

'Ik heb je lekker lang laten slapen,' zei mijn vader. 'We moeten over tien minuten weg. Red je dat?'

Ik ging op de rand van het bed zitten en wreef in mijn ogen. '*Sure*,' zei ik. 'Ik douch vanmiddag wel, na het werken.'

Die ochtend moest ik met mijn vader vijf grote bomen omzagen bij een landhuis in de buurt, om plaats te maken voor een paardenbak. Dat was zwaar werk, die bomen omhalen, maar ik vond het wel machtig mooi. Het mooiste aan het vellen vond ik het voorwerk: het kijken, het rondlopen, het op de ladder klimmen en een riem om de stam heen leggen. Het naar beneden komen en overleggen hoe de boom ging vallen en wat daaraan gedaan moest worden: het ouwehoeren, dus.

Maar mijn vader vond dat gepraat maar niets. Althans, van hem hoefde het allemaal niet te lang te duren. Op een gegeven moment moest de knop om: van praten naar zagen.

Ook het opstoken van de takken, als de boom eenmaal was gevallen, vond ik een mooi karwei. Ik moest het vuur goed oppoken, want dan verbrandde het hout sneller, maar het vuur mocht ook weer niet te hevig worden: de hoogte in, dat mocht, maar de vlammencirkel moest niet te breed worden.

Terwijl ik de takken verbrandde, zaagde mijn vader de stammen in kleinere stukken. Dat deed hij met een elektrische zaag. Dat vond ik vervelend, want bij zo'n elektrische zaag had ik altijd het gevoel dat het misging. Sterker nog: ik *zag* het vaak misgaan, vroeger, als mijn vader in Gelderland de stammen in het bos aan het opdelen was. En dan bedoel ik ook dat ik het echt *zag* misgaan: het was geen gevoel of zo. Nee, ik *zag* die motorzaag in het been van mijn vader verdwijnen en de huid openrijten en het bot splijten. Ik *voelde* het bloed op mijn gezicht spetteren, en proefde de zoete smaak in mijn mond. Dan moest ik mijn ogen dichtdoen en diep inademen en me voorhouden dat het niet echt was wat ik zag. Dan liep ik de stappen af die dokter Van Polier me had geleerd: Wat was ik aan het doen? Waar was ik dat aan het doen? Met wie deed ik het? En kon het, wat ik deed en zag, of hield ik mezelf voor de gek? Als er tegen me werd gepraat, moest er dan niet iemand in de buurt zijn? En als mijn vader zich echt in zijn been had gezaagd, zou hij dan niet schreeuwen?

Als ik mijn ogen weer opendeed, was mijn vader met de volgende boomstam bezig. Zijn ene been stond op de grond, het andere op de stam. Er was niets aan de hand. Hij keek op en lachte naar me.

'Verdergaan jij,' zeiden zijn ogen.

※

Tijdens een pauze vroeg mijn vader hoe het op school ging. Hij had de dop van zijn thermosfles in zijn handen; de koffie dampte in de koude, natte ochtendlucht. Ik dronk een kop thee die de eigenaresse van het huis had gebracht.

Het ging wel, zei ik. Mijn cijfers waren niet al te best. En als ik weer bleef zitten, moest ik naar een andere school: het VCF-College, een school aan de andere kant van Zwolle waar het gym een overeenkomst mee had. Havo doen. Ik vond het allemaal best: om gitarist te zijn had je toch geen vwo-diploma nodig.

Ik nam een hap van mijn meegebrachte boterham. Het oliepapier kraakte in mijn hand.

'Je moeder maakt zich anders wel zorgen,' zei mijn vader. 'Met een vwo-diploma kun je gaan studeren. Dat is belangrijk.'

Ik haalde mijn schouders op. 'Dat kan met een havo-diploma ook. En ik wil niet gaan studeren. Ik wil een band beginnen.'

'Dat is mooi,' zei mijn vader. 'Maar je moeder vindt het belangrijk dat je naar een universiteit kunt. Dat het je goed gaat. En ik ook.'

'Hoe weet jij dat nou?' zei ik. 'Dat mama dat belangrijk vindt?' Ik kauwde op het droge brood.

'Ik bel haar wel eens,' zei mijn vader. 'Vanuit het dorp. Om te vragen hoe het met jou gaat, en ook nog voor wat andere dingen.'

'Maar dat vertel ik je toch? Hoe het met mij gaat.'

Mijn vader moest lachen. 'Zo vaak schrijf je me nou ook weer niet,' zei hij. 'En bovendien is het vaak een ander verhaal wat jij vertelt: waar jij een negen ziet, ziet je moeder een zes.'

'En jij dan?' vroeg ik. 'Wat zie jij?'

Mijn vader draaide de dop op de thermosfles en trok zijn handschoenen aan. 'Ik zie een boom die om moet,' zei hij.

*

In de hoek van de zitkamer van mijn vader stonden drie akoestische gitaren. Die eerste avond pakte mijn vader er een op en speelde 'Blackbird', van The Beatles, *fingerstyle*, dat wil zeggen dat hij met de vingers van zijn rechterhand afzonderlijk de snaren bespeelde, in plaats van met een plectrum.

'*Blackbird singing in the dead of night,*' zong hij.

Take these sunken eyes and learn to see.
All your life you were only waiting,
For this moment to be free.

'Dat wil ik ook leren,' zei ik toen. '*Teach me. Please.*'

✴

We zaten in de auto, op de terugweg naar huis. Het was de op een na laatste dag van mijn verblijf in Engeland. We luisterden naar The Beatles, 'Paperback Writer', als ik me niet vergis. Mijn vader keek opzij.

'Even over morgen,' zei hij. 'Als je wilt, dacht ik, rijden we nog even langs The Cavern Club voordat je teruggaat. Lijkt je dat wat?'

Ik keek uit het raam van de rijdende auto naar de groene golven van het landschap en haalde mijn schouders op. '*Sure,*' zei ik. Mijn handen waren ruw en mijn vingers deden pijn.

Ik wilde niet langs The Cavern Club en niet terug naar Liverpool. Maar echt *niet*. Ik wilde bij mijn vader blijven.

Dus zei ik dat. En dat het heel goed mogelijk was: ik zou in Engeland naar school kunnen gaan. En er daarna blijven wonen. Want als ik in de popmuziek internationaal wilde doorbreken, dan moest ik toch in Engeland zijn, of in Amerika. In het buitenland zat echt niemand te wachten op een gitarist uit Gelderland.

'En *waar* zou je dan naar school gaan?' vroeg mijn vader.
'Weet ik het?' zei ik. 'Hier in de buurt.'
'Maar hier in de buurt wordt Engels gesproken.'
'Ik red me wel,' zei ik. Ik zei het in het Engels. 'Bovendien: mijn Engels is een stuk beter dan dat van veel mensen hier.'

Mijn vader parkeerde de auto op het gras voor zijn huis en zette de motor uit.

'Ik weet het,' zei hij. Maar dit huis' – hij maakte een weids gebaar met zijn rechterarm – 'het zakt al in elkaar als je ernaar kijkt.'

'Ik vind het best. Ik wil niet terug. Niet naar m–'

'Je kunt niet blijven,' onderbrak mijn vader me. Zijn stem klonk vastberaden. 'Het spijt me, maar het gaat niet.' Hij trok de sleutel uit het contact en opende het portier.

'Waarom niet?'

'Omdat,' begon mijn vader, en hij veegde wat denkbeeldige kruimels van zijn knieën de auto uit. 'Omdat ik je niet kan onderhouden en je moeder wel.'

'Maar –'

'Nee. Nog twee, drie jaar, en dan ben je volwassen en heb je je diploma en kun je gaan en staan waar je wilt. Maar nu –'

'*Dad* –'

'Haal je diploma,' zei hij, en nu trilde zijn stem ineens. 'Doe wat ik niet deed. En als je wilt, kun je daarna hier komen wonen.'

*

We zaten aan tafel in de kleine keuken van mijn vader. Voor ons stond een bord linzensoep met aardappels. Het smaakte naar hoe gebruikte handdoeken soms kunnen ruiken. Mijn vader haalde zijn lepel langzaam heen en weer in zijn soep. Ik hoorde het ijzer over de aardewerken bodem van het bord schrapen.

'En hoe gaat het met mama en Rob?'

'Mama is mama,' zei ik. 'En Rob... Rob is een eikel.' Ik hield mijn bord scheef en schoof de laatste stukken aardappel samen met de laatste rest van de soep op mijn lepel.

'En met Pieter?'

'Met Pieter gaat het prima.'

Ik nam mijn laatste hap en keek naar mijn vader.

'Ben,' zei mijn vader toen, maar hij stopte met spreken.

Ik keek mijn vader lang aan.

'*Yes dad?*' zei ik.

'*Never mind*,' zei mijn vader, en hij nam de borden van tafel en liep naar het aanrecht. 'Wil je een toetje?' zei hij. 'Ik heb *custard tart* voor je gekocht.'

*

Ik lag de laatste avond op het bed in de kleine logeerkamer van het huis in Furness en ik wachtte op mijn vader. Ik dacht dat hij nog wel zou komen en zou zeggen dat ik mocht blijven, maar hij kwam niet. Ik hoorde hem de lampen uitdoen en naar bed gaan. Man, wat *haatte* ik hem toen. Ik begon te huilen. Ik begon te huilen en ik lag daar, op dat bed, in die koude kamer in Engeland en ik trok de deken over mij heen.

*

De volgende dag, op de parkeerplaats van het vliegveld, drukte mijn vader me een cadeau in mijn handen. Het was een gitaar: zijn oude Martin D-45.

'Pap,' zei ik, 'ik kan –'

'*Son, I want you to have it,*' zei mijn vader. 'En ik heb er nog iets kleins bij gedaan.'

In het vliegtuig pakte ik het kleine cadeau uit dat mijn vader in de gitaartas had gestoken. Het was een lp. Een man met een akoestische gitaar op zijn knieën keek me op een zwart-witfoto aan. *Bert Jansch*, stond erop gedrukt.

Achter op de platenhoes had mijn vader een briefje geplakt. '*My favourite,*' had hij geschreven. '*Learn to play like that and you will never have to chop another tree.*'

*

De eerste avond dat ik terug was in Weldra, zat ik met Tom in de boomhut. We luisterden naar *Rubber Soul*. Ik speelde mee op de akoestische gitaar die ik van mijn vader had gekregen. Toen de plaat was afgelopen, legde ik *Bert Jansch* op de platenspeler, 'Alice's Wonderland.'

'Wat is dit?' zei Tom, toen het lied begon.

'Bert Jansch,' zei ik, en ik gaf hem de joint. 'Van mijn vader gekregen. Een man en zijn akoestische gitaar. Goed hè? Wacht maar op het volgende lied, 'Running From Home' heet dat. Man, dat is echt fantastisch.'

Toen het lied voorbij was, zei Tom:

'Ik weet niet hoe ik dit moet zeggen zonder dat het homoseksueel klinkt. Maar ik ben blij dat je er weer bent.'

*

De eerste dag dat ik besloot de liedjes waar ik mee wakker werd op te schrijven, werd ik wakker met 'While My Guitar Gently Weeps'. Aan dat lied zaten zo veel anekdotes vast dat ik vier bladzijden nodig had om ze op te schrijven.

De geschiedenis van 'While My Guitar Gently Weeps' begint met een sitar. En met David Crosby. Want in Californië, in de zomer van 1965 als ik het goed heb, liet David Crosby George Harrison voor het eerst opnamen van een sitar horen. Tijdens de opnames van de film *Help!*, later dat jaar, kwam Harrison weer met het instrument in aanraking. Toen besloot hij er een te kopen.

Harrison speelde vervolgens bijna drie jaar lang op dat ding. Dat wil zeggen: niet als hij met The Beatles in de studio aan het opnemen was – althans: bijna niet – maar thuis, om te studeren. Om nieuwe muziek te leren maken, met een ander instrument. Hij opende met de sitar nieuwe deuren in zijn hoofd. Door de sitar raakte hij onder meer geïnteresseerd in de Indiase cultuur en transcendente meditatie.

Toen Harrison drie jaar later met de rest van The Beatles in India in de Himalaya zat, in *retraite*, net als ik nu, had hij alleen zijn akoestische gitaar meegenomen. En daar, in India, in het land van de sitar, op een akoestische gitaar, schreef hij 'While My Guitar Gently Weeps' – een ode aan de elektrische gitaar, een ode aan *zijn* instrument. Want de elektrische gitaar, *dat* was het instrument van George Harrison. Zoals de sitar het instrument van Ravi Shankar was en David Crosby zijn stem had. Het is hun *signature weapon*. Het pistool dat ze trekken. De rest is bijzaak. Ondersteunend personeel.

Harrison had de sitar nodig als fase, als invloed. Zijn studie van dat instrument was een sleutel tot nog een deur in zijn hoofd. En achter die deur lagen liedjes verborgen. Liedjes als 'While My Guitar Gently Weeps' en 'Something' en 'Here Comes The Sun'. Liedjes van inzicht. Liedjes die net zoals de liedjes van verlangen van John Lennon en Paul McCartney liedjes van iedereen zouden worden. Beatlesliedjes dus.

De studie van de elektrische gitaar en Jeff Beck was voor mij ook zo'n fase. Daardoor kwam ik erachter dat de akoestische gitaar mijn *weapon of choice* was. De fingerpickingtechniek van mijn vader en de muziek van Bert Jansch brachten mij weer op het juiste pad: dat van mijzelf. Eén man, met zijn akoestische gitaar. En vanaf dat moment stroomden er liedjes uit mij als water uit een bron. Ik schreef soms wel twee – goede – liedjes op één dag: 'Song For A Red House' en 'East of Eden', bijvoorbeeld, schreef ik op dezelfde middag, toen ik koorts had, en mijn moeder een kop kamillethee over mijn bed liet vallen.

*

Zo gitaar spelen, met die dunne, ijzeren snaren onder de vingertoppen van je rechterhand en die dikke klankkast tegen je borstkas, met het hout van de hals als dansvloer voor je linkerhand, daar kan geen joint en geen film en geen meisje tegenop. Echt niet. Want je bent jezelf niet meer als je zo muziek maakt, als je die houten bak en de lucht om je heen met noten vult. Nee, je bent alleen nog maar *daar*, in de snaren, in de trillingen, *in* de muziek. Je bent helemaal weg.

Toen ik elektrische gitaar begon te spelen, wilde ik al snel zo hard en zo gruizig mogelijk spelen; mijn plectrum zo veel en zo snel mogelijk langs die snaren heen en weer halen. En dat dan natuurlijk ook nog eens met zo veel mogelijk vervormende effecten erop. Jeff Beck, Led Zeppelin, weet je wel? Rammen in een simpele vierkwartsmaat. Maar die muziek, daar kun je niet in verdwijnen: die muziek is een en al ego, één groot bewustzijn. Een pose. En doordat je zo bewust bent van de pose die je aanneemt, van je ego, van wat je doet, kun je nooit opgaan in de muziek die je maakt. Door die pose blijf je er altijd bewust van dat je bezig bent muziek te maken: je speelt een muzikant, een gitarist, maar je *bent* het niet. En dus wordt de muziek nooit persoonlijk, nooit echt. Want ze komt niet uit jezelf voort.

'*Du, du, du,*' zei Rudi altijd. '*Nicht da, sonst da sein.*' En hij wees van mijn hoofd naar de klankkast. '*Einfach spielen. De noten achterna. Und nicht voraus denken.*'

*

Als ik vroeger tegen mijn grootvader schaakte, wilde ik altijd met de witte stukken spelen.

'Je weet,' zei mijn grootvader dan, 'dat wit begint, maar zwart wint?'

Natuurlijk wist ik dat, want ik speelde tegen mijn grootvader, een schaker met vierentwintig ogen en het geheugen van een olifant. Van hem winnen, dat ging niet. Een remise eruit slepen, dat lukte misschien wel. Maar dan alleen als *ik* mocht beginnen.

Mijn grootvader was erg trots op me toen ik op mijn negende een kampioenschap in Zwolle met zes punten voorsprong had gewonnen. Maar nog trotser was hij dat ik een van mijn partijen had gewonnen met zwart.

'Zie je wel,' zei hij. 'Je kunt het wel. Achter de feiten aan lopen en ze inhalen. Het spel naar je hand zetten.'

*

Aan het einde van het derde schooljaar bleef ik weer zitten, met een drie voor Latijn en twee vijven, voor Frans en economie. *La putain-économie*, inderdaad. En omdat het de tweede keer was dat ik bleef zitten, moest ik van school. Ik wilde naar de school waar Tom op zat, het Willem van Oranje, maar dat mocht niet van mijn moeder: ik moest naar het VCF, omdat ik daar naar de vierde van de havo kon, in plaats van drie vwo.

VIJF

De eerste winter op het VCF was lastig. Ik bedoel, op het gymnasium was ik nou ook niet bepaald de meest populaire jongen van de school geweest, maar daar had ik tenminste nog een groepje gehad waar ik in de pauze bij kon gaan staan. Zo'n groepje had ik op mijn nieuwe school dus niet. Want echt elk groepje was van rubber: als je het benaderde, stuiterde je zo weer weg. Dus stond ik in de pauze vaak een paar minuten buiten, om een sigaretje te roken, en ging ik daarna maar weer naar binnen, om op mijn gitaar te spelen. Meestal bracht ik zo de hele pauze door, op de vloer van een van de gangen hoog in het gebouw.

Ik speelde veel liedjes van The Beatles toen, op mijn akoestische gitaar, maar niet alleen de akkoordenschema's. Wat ik deed, was de zangpartijen op de snaren naspelen, noot voor noot. Ik zong met mijn vingers, zeg maar. En dan neuriede ik een zelfverzonnen contramelodie mee, of de baslijn van Paul McCartney. Het mooie daarvan was dat ik voor de zangpartijen geen akkoordenschema's had van drie of vier akkoorden: ik moest alles uitzoeken, naspelen uit mijn hoofd. En tegelijkertijd moest ik zelf dus een tweede partij verzinnen.

Weet je wat grappig genoeg bijzonder goede liedjes waren om zo te spelen? De wat latere liedjes van The Beatles, de liedjes van *Revolver* en *Sgt. Pepper's Lonely Hearts Club Band* en *The Beatles*. 'Michelle', 'Blackbird', 'Penny Lane';

liedjes van Paul McCartney, dus. En tot dat moment waren dat niet bepaald mijn meest favoriete liedjes van The Beatles geweest. Maar weet je waarom die liedjes zo geschikt waren? Omdat er zo verdomd veel melodie in zat, daarom.

*

De vierde klas op het VCF. Vaak lag ik 's avonds al vroeg in bed maar kon ik toch niet slapen. Dan legde ik *Revolver* of *Sgt. Pepper* op mijn kleine draagbare platenspeler en draaide ik het volume helemaal weg. De naald cirkelde over het zwarte vinyl heen en zwenkte de muziek onversterkt de kamer in. The Beatles waren een band met leden van nog geen halve centimeter hoog, met gitaren van drie millimeter, en ze speelden een klein privéconcert voor mij. Op mijn luchtgitaar speelde ik met ze mee.

*

Op een middag aan het einde van september zat ik weer in de boomhut. *Revolver* lag op de draaitafel; 'Dr. Robert' van Lennon stond op. Ik knikte met mijn hoofd mee op de maat en luisterde naar de harmoniezang van McCartney en Lennon; die twee stemmen die geïsoleerd waren van de muziek en er toch een onderdeel van uitmaakten. Zo voelde ik mij ook: afgesneden van de wereld maar er toch een onderdeel van. Wat ik miste, was een tweede stem.

Toen kruiste de gitaarpartij van Harrison door mijn gedachten en opende ik mijn ogen. Ik zag de touwen van de touwladder bewegen. Iemand kwam omhoog. Niet veel later stak Tom zijn hoofd door de opening in de vloer. Hij had zijn haar laten groeien: rode krullen hingen over zijn voorhoofd. 'Hé denker,' zei hij. 'Hoe is het nou?'

Tom ging voor mij zitten, in een lotushouding, en begon met het draaien van een joint. Hij zei niets; hij luisterde naar de muziek. Toen het volgende lied – 'Got To Get You Into My Life' – voorbij was, vulde een enkele, dreinende noot van een tamboera de boomhut, na een seconde of vier bijgevallen door de stotterende drums van Ringo Starr. Krijsende zeemeeuwen vlogen over de muziek voorbij. Ik vroeg Tom, die naast de platenspeler zat, of hij de plaat wilde omdraaien.

'Waarom?' zei hij.

'Dit lied,' zei ik. 'Ik word er arelaxed van, daarom.'

Tom keek me aan. 'Hoe bedoel je,' zei hij, 'je wordt er arelaxed van? Je moet het gewoon nog een keer proberen.'

'Dat heb ik al gedaan,' zei ik. 'Zelfs het proberen heb ik meerdere keren geprobeerd.' Het lied liep ondertussen gewoon door. 'Het werkt niet.'

'Ik vind het goed,' zei Tom.

'Maar ik niet.'

'Volgens mij begrijp je het gewoon niet.'

Ik keek Tom aan.

'Maar dat hoeft niet aan jou te liggen,' zei hij, vergoelijkend, omdat hij zag dat hij mij had beledigd. Hij hield de joint in zijn hand omhoog. 'Misschien is dit wel niet genoeg om het lied te begrijpen. Misschien' – hij plaatste de joint aan zijn lippen – 'zet je hiermee niet het juiste deurtje in je hoofd open.'

'En waarmee dan wel?' vroeg ik.

'Hiermee,' zei Tom en maakte met zijn handen een soort van hart in de lucht.

'En wat is dat dan wel niet?' vroeg ik.

'Een paddenstoel,' zei Tom, en hij begon te lachen. 'Zie je dat niet?'

*

Het weekend daarop namen Tom en ik de trein naar Amsterdam. We kochten geen kaartje. Ik vond het niet zo'n prettig idee, maar Tom zei dat het geen probleem was, en dat ik geen angsthaas moest zijn: hij had van een vriend gehoord dat als er een conducteur aan kwam, we gewoon moesten opstaan en de coupé uit lopen; zo leek het alsof we bij het volgende station wilden uitstappen. Via het bovendek konden we dan over de conducteur heen lopen en de controle vermijden.

De trein vertrok om elf uur van Station Zwolle. Tot aan Hilversum kwam niemand ons controleren. Toch wist ik zeker dat we gepakt zouden worden; de vraag was alleen *wanneer*. Ik had het gevoel dat ik een fietsband was, en dat iemand me aan het oppompen was. Mijn schouders en mijn nek liepen vol met lucht. Het wachten was op een glasscherf om over heen te rijden. Een conducteur, dus.

Iets voorbij het station Naarden-Bussum zag ik de zwarte broek van een conducteur door de glazen deur van het trapje komen lopen. Achter hem liep een tweede conducteur.

'Kut,' zei ik tegen Tom, en ik knikte naar de achterkant van de coupé. 'Ik wist het, ik wist het, ik wist het.'

Tom keek over zijn schouder. 'Niks aan de hand,' zei hij. 'Opstaan. We lopen gewoon bovenlangs.'

We stonden op van onze bank en liepen langzaam de wagon uit. Ik begon steeds sneller te lopen, maar Tom zei dat ik rustig aan moest doen: we moesten niet de aandacht op ons vestigen. Toen ik aan het einde van de wagon de deur door ging en de trap op liep om de bovenverdieping binnen te gaan, zag ik door de glazen deur dat daar ook een conducteur kaartjes aan het controleren was.

Ik draaide me om en keek naar Tom, die nog onder aan de trap stond. 'En nu?' zei ik. 'Wat doen we nu, godverdomme?'

'Ehmm,' zei Tom. 'Even denken.'

Ik keek weer naar binnen. De conducteur kwam dichterbij.

'Ga ergens zitten en doe alsof je slaapt,' zei Tom toen. 'Dat werkt misschien.'

Ik stapte naar links, een kleine ruimte in waar twee stoeltjes waren opgehangen, ging op een ervan zitten en legde mijn hoofd tegen het raam. Het trilde. Niet veel later voelde ik de deur naast me opengaan. Een tocht trok langs mijn benen.

'Goedemiddag,' zei een stem. 'Uw vervoersbewijs alstublieft.'

Ik hield mijn ogen losjes gesloten, mijn wimpers trilden, en ik ademde een keer diep in, achter in mijn keel, alsof ik sliep.

'Jongeman, wakker worden.' Ik voelde een zachte por tegen mijn been. Ik draaide me om, alsof ik gestoord werd in mijn slaap, en murmelde wat onverstaanbaars. Maar weer kreeg ik een por tegen mijn been. Ik hoorde twee andere conducteurs de benedenafdeling van het treinstel binnen komen.

'Bert,' zei de conducteur die naast me stond. 'We hebben een slaper. Geloof ik.'

Ik deed mijn ogen open.

'Wat?' zei ik. Ik probeerde zo slaperig mogelijk te klinken. 'Waar zijn we?' Ik keek uit het raam.

'Vlak bij Weesp, jongeman.'

'Voorbij Hilversum dus?'

De conducteur knikte. Hij had een snor.

'Maar daar moest ik eruit.' Ik wreef in mijn ogen en stond op, klaar om terug te lopen in de richting van Hilversum. Maar de conducteur hield mij tegen.

'Heeft u daar dan een vervoersbewijs voor?' vroeg hij. 'Het traject Hilversum?'

'Natuurlijk,' zei ik. 'Sorry.' Ik pakte mijn portemonnee uit mijn broekzak en begon te zoeken. 'Hier ergens. Wacht…' Ik duwde een grote flap opzij in mijn portemonnee. Maar ik wist dat daar niets te vinden was. Toen keek ik op, en vervolgens naar beneden, de trap af. Tom was nergens te bekennen.

*

Ik moest meekomen naar het deel van de wagon waar je in- en uitstapt. Daar schreef de hoofdconducteur een bekeuring voor mij uit: de kosten van het kaartje met een boete erbovenop. Dat kwam op een aardig bedrag uit. De vraag was of ik nu nog genoeg geld had voor in Amsterdam.

Terwijl de conducteur het wisselgeld in zijn hand uittelde, keek ik naar de deur van de wc, achter hem. Het slot stond op groen. Opeens wist ik zeker dat Tom daar verstopt zat, dat hij de deur niet op slot had gedaan, dat hij mij had opgeofferd zodat hij zelf niet gepakt zou worden.

Het was een slimme zet, dat zeker, ook omdat hij de deur open had laten staan, maar het was ook wel een naaistreek: zijn koningsveiligheid had de bezetting van mijn hele bord gekost.

Ik stopte het wisselgeld in mijn portemonnee en keek naar buiten. We reden langs een meer met hoog riet aan de rand en vogels op het wateroppervlak. Het water schitterde zo fel dat het op aluminiumfolie leek. Een oude bunker kwam voorbij. '*Natuurgebied Naardermeer*', stond erop.

'Mooi is het hier,' zei ik.

De hoofdconducteur keek op van zijn schrijfwerk. 'Pardon?'

'Mooi, zei ik, is het hier.'

'Juist,' zei de conducteur. Hij scheurde een velletje los uit zijn notitieboekje, dat hij vervolgens terugstopte in de leren portefeuille die aan zijn riem hing. 'Houdt u deze kwitantie goed bij zich, want het is vanaf nu uw vervoersbewijs.'

Toen de conducteurs door de lawaaierige dubbele deuren naar de volgende wagon waren vertrokken, opende ik de wc-deur. Daar zat Tom, met een grote grijns op zijn gezicht.

'En?' vroeg hij.

Ik maakte een wegwerpgebaar. 'Ja, wat denk je, *en*? Kut, natuurlijk. Ze hebben me gepakt.'

'Mooi matig,' zei hij en hij kwam de wc uit. 'Maar we zijn er bijna. Amsterdam. Dan kunnen we *gaan*. Man, ik heb er nu al zin in.'

Echt, dat was nou typisch Tom: die dacht altijd alleen maar aan zichzelf. Maar echt *altijd*. Want *we* waren inderdaad bijna in de grote stad, maar *ik* had daarvoor moeten betalen, *hij* niet. Hij kon zin hebben, maar ik had dat niet meer. De vraag was bovendien of ik die kutpaddo's nog wel kon betalen. Die boete had me bijna al mijn geld gekost.

Tom ging op het bankje tegenover de wc zitten en keek naar buiten.

'Kijk,' zei hij na verloop van tijd, toen de eerste flatgebouwen plaats hadden gemaakt voor ouderwetse, stedelijke bebouwing. 'Amsterdam.'

*

In Amsterdam kochten Tom en ik met mijn laatste geld vijf gram gedroogde Hawaiaanse paddo's.

Vanaf de Spuistraat liepen we terug naar Amsterdam Centraal en daar namen we op spoor 1 de trein naar Bloemendaal. Dat deden we omdat Tom had gehoord dat Bloemendaal aan het strand lag, en omdat het ons een goed idee leek op het strand te trippen. In de trein zei Tom dat als ik zo bleef balen, de kans groot was dat ik een slechte trip zou krijgen, zo eentje waar John Lennon in 'She Said She Said' op *Revolver* over zong. De vraag was of ik daar zin in had.

Ik schudde mijn hoofd.

Dan moest ik ook niet chagrijnig blijven, vond hij.

Maar toen Tom en ik in Bloemendaal uitstapten, was er in geen velden of wegen een strand te bekennen. We stonden verdomme midden in een woonwijk. Ik voelde de irritatie in elke vezel van mijn lichaam terugkomen.

Een jongen van onze leeftijd die voorbij kwam lopen, vroeg ik waar het strand was. Hij vond mijn vraag blijkbaar behoorlijk grappig, want hij ontblootte twee kleine, scherpe hoektandjes en begon te grinniken. 'Bloemendaal ligt niet aan zee, jongen. Het strand is nog wel een kilometertje of vijf lopen.' Hij wees met zijn hand de geasfalteerde laan uit. 'Die kant op.'

Ik keek in de richting die de jongen zojuist had gewezen. Ik zag niets dan asfalt en huizen met auto's ervoor. Een auto kwam langsrijden.

'En dan?' zei ik.

'En dan ben je op het Bloemendaalse strand. Geen strandtent te bekennen daar. Dooie boel hoor. Maar lekker rustig. Nou ja, ik moet rennen: dat is mijn trein die daar komt aanrijden. Troost je: je bent niet de enige die deze vergissing heeft gemaakt.'

Toen rende hij weg, de tunnel naar het spoor in. Op zijn rug zwaaide een viooltas heen en weer. Er hing een kleine knuffel aan van dat tijgertje uit *Winnie the Pooh*.

'Het is die kant op,' zei ik tegen Tom, die aan de overkant van de straat stond te wachten. 'Anderhalf uur lopen.'

'Anderhalf uur?' zei hij. 'Prima. Dan nemen we die dingen nu alvast in. Het duurt toch drie kwartier voordat ze inslaan.'

*

Je zit onder aan een duin langs het lege strand. Op het natte zand bij de vloedlijn liggen enkele waterplassen. De zee heeft zich ver teruggetrokken.

Het afgelopen halfuur had je last van een klein beetje misselijkheid, maar dat is nu voorbij. Je concentreert je op je omgeving en vraagt je af of het al begonnen is. Ja, denk je, het is begonnen. Maar dan begint het echt en weet je: nee, dit is het. Je benen beginnen te tintelen, net als je armen en je handen. Je voorhoofd gloeit en je wordt zeer bewust van je ademhaling.

In je ooghoeken flitst wat voorbij, een vlieg, een mug, of een vlinder. Het zand aan je voeten begint te trillen. Je ogen staan ver open.

Ineens moet je lachen. *Grinniken*. Om niets. Of, beter gezegd: om alles. Je moet grinniken om jezelf, om je trip, om je ambities en je verlangens, maar ook om je woede van net. Je *chagrijn*.

En je glimlacht weer.

Je lacht hardop.

Je voelt de behoefte je ervaring over te brengen. Dus begin je te praten. Je zegt: 'Abrikoos', en je houdt een kleine schelp omhoog. Je spreekt over de kleur van die schelp; een schelp die eerst dof was maar nu is opgelicht tot een glimmende, gloeiende abrikoos. Ook de textuur is veranderd: de kalk is een wollige stof vol pluisjes geworden. Woldraden die gloeien.

'Nee,' zegt iemand. 'Perzik.'

Ja, denk je, perzik, dat kan ook. Maar dan denk je ook direct: abrikoos, perzik, wat maakt het allemaal uit? Het is een etiket, een klank. Maar hier *is* het, in je handen.

'A-bri-koos,' zeg je dus. 'Per-zik.' En je moet lachen. Man, denk je. *Woorden. What a trip*.

Je staat op en loopt naar de rand van het water. Terwijl je loopt, kijk je naar beneden. Alles wat je ziet, zie je scherper, voller en duidelijker dan voorheen. In het zand zie je alle korrels afzonderlijk, alles schittert als duizenden kristallen. Het aangespoelde water schittert als olievlekken op een regenplas. Bij de waterlijn blijf je staan en strek je je hand uit, naar de zon.

Het voelt alsof je aan de rand van een kampvuur staat, zo warm is je lichaam nu. Dan kijk je naar je hand. Maar juist als je dat doet, op het moment dat je naar je hand kijkt om je bewust te maken van het gevoel daar, lijkt het zich terug te trekken: het laat je vingers los en bindt in, dieper in je lichaam, tot aan je schouders. Je andere hand voelt gelukkig nog steeds zwaar en gloeiend aan. Je tilt hem op en legt hem tegen je oor en sluit je ogen.

Je hoort het in je handpalm ruisen als in een zeeschelp. En met de wind in je gezicht en je wiegende benen voelt het alsof je op een boot op zee staat.

Dan moet je lachen, omdat je je realiseert dat je op een strand staat, en dat je daar de zee altijd hoort ruisen.

There are seven levels, denk je.

*

Later – ik weet niet hoeveel later – schoven er wolken voor de zon en vielen grote schaduwen op het strand. Ik stond in het wassende water. Mijn broekspijpen en shirt waren nat. Ik rilde van de kou. Opeens had ik buikpijn, in mijn onderbuik; ik voelde het steken in dat stuk lichaam tussen mijn anus en mijn balzak. Ik wilde naar Tom toe en begon de duin op te rennen. Mijn voeten zakten diep weg in het mulle zand. Toen ik eindelijk boven op de duin aankwam, was ik zo moe dat ik mezelf op het helmgras liet vallen. Tom zag ik nergens.

Toen ik mijn ogen weer opende, was de zon een eind langs de hemel getrokken. Tom lag naast me op de grond. Hij sliep. Ik keek naar hem en het was alsof ik zijn gezicht voor de eerste keer zag: elk schilfertje, elk bloedvat, elke porie. Ik zag alles *haarscherp*. En ik snapte de betekenis van het woord: elk haartje van Toms rode wenkbrauwen kon ik onderscheiden; ze stonden als geroeste staaldraden op zijn hoofd naar buiten.

Ik draaide me om en bleef nog even liggen maar viel niet meer in slaap.

*

De eerste keer dat ik na die middag naar 'Tomorrow Never Knows' luisterde, was het lied het meest zinnige wat ik ooit had gehoord. Ik sloot mijn ogen en wiegde mijn hoofd instemmend mee met de maat van de muziek. Mijn gedachten gleden mee op de melodie van John Lennon.

Toen het lied voorbij was, opende ik met een schok mijn ogen. Ik was weer even weg geweest.

*

Dat jaar gebruikten Tom en ik nog vier of vijf keer paddestoelen. De meeste van die trips gingen goed: we sprongen als Mary Poppins in een telkens weer verschillende stoeptekening en hadden de tijd van ons leven. Slechts één keer, aan het einde van het schooljaar, had ik een slechte ervaring. Het was in het Oude Huis. Mijn moeder en Rob waren met vakantie.

Tom verdween vrij snel na het nemen van de paddo's naar een andere kamer. Het licht in de eetkamer viel uit. Ik hoorde de grote klok tikken. Het geluid zelf was de tijd. Ik werd boos op dat geluid, boos op de tijd, maar ook boos op mezelf, boos dat ik de paddo's had genomen, dat ik nu niet terug kon, terwijl het misging. Ik voelde hoe ik steeds verder de toekomst in werd gesleurd, mijn slechte trip in. Toen zag ik de eik voor het raam veranderen in een groot, zwart monster, dat aan de ruiten begon te krabben. Het had een mond vol zwarte tanden. 'Ben,' zei het, steeds luider. 'Ben, Ben, Ben!' Ik was bang en kroop in een hoekje, achter de open haard. Mijn hart bonkte in mijn keel.

Ik nam een hap uit de reep chocolade die ik in mijn zak had gestopt, en proefde naast de smaak van cacao papier en aluminiumfolie.

Toen sloot ik mijn ogen en drukte mijn handen tegen mijn oren en neuriede het eerste vrolijke liedje dat in me opkwam:

> *Let's go fly a kite,*
> *Up to the highest height.*
> *Let's go fly a kite,*
> *And send it soaring*
> *Up through the atmosphere*
> *Up where the air is clear.*
> *Oh, let's go fly a kite!*

*

'Let's Go Fly A Kite' komt uit *Mary Poppins*, die Disneyfilm met Julie Andrews. Het is een oorwurm, wat wil zeggen dat je de melodie van het lied niet uit je hoofd krijgt – maar echt *niet* – tenzij je het lied helemaal uitzingt.

De eerste keer dat ik *Mary Poppins* zag, was op een zondag, na een bezoek aan mijn grootouders. Hij was op televisie. Ik keek op zondag altijd televisie. Nederland 3. Of naar Disneyfilms op video. *Frank en Frey*, *Jungle Book*, *Robin Hood*. Dat was allemaal nadat ik duizend keer niets anders had gezien dan Sneeuwwitje.

Mary Poppins was de eerste Disneyfilm die ik zag met acteurs. En ik rolde letterlijk over de grond van het lachen. Dat kwam zo: ik keek films altijd liggend, op mijn buik op het vloerkleed, zo dicht mogelijk op de beeldbuis, met mijn hoofd op mijn handen en mijn ellebogen op een kussen. Ik kwam niet meer bij toen die pinguïns als obers op hun buik naar buiten gleden, begeleid door dat trompetmuziekje.

Man, de muziek van *Mary Poppins*, die is echt goed: 'Chim Chim Cheree', 'A Spoonful Of Sugar', 'Supercalifragilisticexpialidocious'. Stuk voor stuk toppers. En natuurlijk 'Feed The Birds', dat lied met die mooie, zalvende melodielijn in het refrein, dat liedje van troost:

Feed the birds, tuppence a bag
Tuppence, tuppence, tuppence a bag.
Feed the birds, that's what she cries
While overhead, her birds fill the skies.

*

De weken na mijn slechte paddotrip, de weken voor de zomervakantie dus, waren anders dan de weken daarvoor. Ik kon het gevoel dat die trip met zich had meegebracht maar niet van me afzetten. Het was in mijn bloedbaan gekropen; het suisde in mijn oren als ik in bed lag en klopte in de toppen van mijn vingers als ik gitaar speelde. En als ik mijn ogen sloot, of de wind door de bomen waaide, dan zag ik dat monster weer voor me. Dus hield ik mijn ogen 's avonds in bed net zolang open tot ze van vermoeidheid begonnen te branden en ik in één keer in slaap viel als ik ze dichtdeed.

Overdag, op school, zag ik soms opeens een voorwerp van vorm of kleur veranderen: dan was het niet duidelijk of de gordijnen nu rood waren of oranje, en of ze stil hingen of niet. Andere keren zag ik opeens allerlei bewegende patronen op een kale, witte muur.

Ik meldde dit aan Tom. Die zei dat ik aan het natrippen was, en dat ik me niet zo moest aanstellen. Ik moest het naast me neerleggen.

Maar een ander probleem was dat ik mijn gedachten niet stil kon krijgen. Ik kon de dingen niet naast me neerleggen. Ik lag uren wakker in mijn bed, met mijn handen op mijn buik en een kussen over mijn hoofd getrokken. Ik telde schapen tot ik gek werd.

Dus stond ik op uit bed, sloop naar het venster, opende het raam en rookte in het raamkozijn nog een jointje. Het derde van de dag.

Mijn moeder vond dat ik er slecht uitzag. Ik zei haar dat ik slecht sliep. Dat het door het bed kwam waar ik in lag, door dat oude, doorgezakte matras, en door school: dat de laatste proefwerkweek nog maar enkele weken weg was, en dat ik voor veel vakken nog een boel stof moest ophalen en dat ik daar zenuwachtig van werd. Dat laatste was natuurlijk gelogen: die proefwerken op de havo haalde ik nog met twee vingers in mijn neus en één in mijn kont.

*

In de Disneyfilm *Alice in Wonderland* valt Alice in een konijnenhol naar beneden, Wonderland in. De eerste meters van haar val gaat Alice heel snel, en slaat ze meerdere malen over de kop, maar dan vouwt haar jurk als een parachute open en valt ze langzamer. De laatste meters valt ze zelfs zo langzaam dat ze de staklokken en wereldkaarten en boekenkasten waar ze langs valt rustig kan bekijken.

Als Alice eenmaal beneden is – ze landt ondersteboven, met haar voeten aan een gordijnroede, of aan een kapstok, dat weet ik niet precies meer – staat ze op en volgt het witte konijn verder, door een groot huis, met allerlei kromme gangen en scheve muren, tot aan een kleine, witte deur met allerlei kleinere deuren erachter. Die deuren leiden uiteindelijk naar een vreemde kamer waar Alice allerlei gedoe beleeft met een nog kleiner deurtje dat op slot zit en een pratende deurknop die haar aanraadt eerst de sleutel te pakken en vervolgens een drankje te drinken om klein genoeg te worden om door de deur te kunnen. Alice doet dat, maar ze vergeet voordat ze krimpt de sleutel van de tafel te pakken en dus moet ze weer allerlei koekjes eten om groot genoeg te worden om die sleutel te kunnen pakken. Dat gaat allemaal mis, natuurlijk, en een wederom grote Alice, opgesloten in die kamer, moet daarom huilen. Uiteindelijk komt het toch allemaal goed, want aan het einde van de scène drijft een opnieuw gekrompen Alice in het lege flesje van de toverdrank en op een poel van tranen van de grote Alice door het sleutelgat van de deur heen, een nieuwe wereld in: *Wonderland*. Daar ontmoet Alice Tweedledum en Tweedledee en de Mad Hatter en de Cheshire Cat.

Dit gebeurt overigens allemaal alleen in de film. In het boek bestaat die hele deurknop niet. Daar is het een muis die Alice van de verdrinkingsdood redt en haar naar de kust brengt. Tweedledum en Tweedledee komen in het eerste Alice-boek ook niet voor.

Maar goed: waarom vertel ik dit? Omdat de Alice van de film zegt: '*Oh dear, I do wish I hadn't cried so much.*' Maar de Alice van het boek voegt daar nog iets aan toe. Die zegt: '*I shall be punished for it now, I suppose, by being drowned in my own tears!*'

*

De eerste dag van de afsluitende proefwerkweek van 4-havo had ik een Duits proefwerk. Het bestond uit vier verschillende delen: woordenschat, grammatica, leesbegrip en schrijven. De woordenschatopdracht bestond uit vijf rijtjes van Duitse woorden waarbij je het woord moest wegstrepen dat niet in de rij paste. Makkelijk zat, zou je zeggen. Maar het begon er al mee dat die rijtjes zo onduidelijk waren afgedrukt dat het bijna niet duidelijk was of het nou om vijf horizontale rijtjes van vier woorden ging of om vier verticale rijtjes van vijf woorden.

Maar ook toen me duidelijk werd dat het om vijf horizontale rijtjes ging, waren de problemen niet weg. Het eerste rijtje, bijvoorbeeld, bevatte de Duitse woorden voor 'verbranden', 'de vinger', 'afval', 'het eten' en 'water'. Het was voor mij niet duidelijk welk woord daar niet thuishoorde. Want je kon bijvoorbeeld je vinger verbranden met het maken van je eten en die dan onder het water moeten houden – in dat geval hoorde het woord afval niet in het rijtje thuis – maar je kon natuurlijk ook zeggen dat je je vinger kon verbranden, en dat je eten en afval kon verbranden, maar water niet. Dan hoorde water niet in het rijtje thuis. Maar welke van de twee oplossingen *beter* was, of beter gezegd: welke van de twee oplossing *goed* was, dat was niet duidelijk.

Dus riep ik een surveillant naar mijn tafel. Het was meneer Knapp, een leraar Duits die ik nog nooit had gehad maar over wie ik had gehoord dat hij vervelende leerlingen tijdens de pauze in zijn klaslokaal opsloot en tijdens proefwerken in de gordijnen ging hangen. Knapp kwam door de gymzaal naar achteren gelopen en hield halverwege het gangpad al een blaadje omhoog.

'Nee, nee,' zei ik. 'Ik wil –'

'Sstt...' siste Knapp, en hij kwam wat sneller op mij afgelopen. 'Fluisteren.' Hij keek me aan. 'Wat is er?'

Wat er was, wilde de glimpieper weten. Nou, dit was er, zei ik, en ik legde hem mijn problemen met de oefening uit.

'Kijk nou eens goed naar het eerste woord van het voorbeeld,' zei Knapp.

Verbessern, stond er.

Knapp keek mij aan. Ik zei niets.

'Dat is een werkwoord,' zei hij. 'Kijk nu eens naar de andere woorden.'

Ik keek weer naar het papier, maar ik zag niet wat hij bedoelde.

'Snap je?'

'Ja...' zei ik. 'Oké. Natuurlijk.'

*

'Tom, man, met mij. Hoe is het nou?
'Mooi zo. Zeg Tom, ben ik –
'Tom?
'Tom, moet je luisteren.
'Nee, nee, leren kan zo ook nog. Want man, echt: dit moet ik je nu vertellen, voordat ik het kwijt ben. Ik geloof dat ik God begrepen heb.
'Haha, nee, *echt*.
'Waarom wij hier zijn en zo.
'De schepping, ja. Ik bedoel, je vraagt je af: waarom? Nietwaar? Waarom al dat gedoe? Want: het is een hoop gedoe.
'Nou, je bent God en je bent alles en je bent overal en buiten jou bestaat niets en dan opeens denk je: daar ga ik wat aan veranderen.
'Inderdaad: *waarom*?
'Nou, stel je voor: jij bent alles. Dan ben je ook *niets*. Of: een verzameling die tot niets komt. Want als je licht wilt zijn, ben je ook donker. En wil je muziek zijn, dan ben je ook stilte. Als je het ene wilt zijn, ben je het andere ook. Dus eigenlijk ben je helemaal niet licht *en* donker, groot *en* klein: maar geen van beide. Niets. Doordat je *alles* bent, de hele tijd. Omdat je niet asymmetrisch bent. Je bent een oneindig kleine dichtheid van alles. En je komt tot niets.
'Maar als je niets bent, echt niets, ben je dus ook geen god. Want een god heeft aanbidders nodig. Mensen.
'Dus omdat je, nee, omdat God – en dat is dus nu een naam voor dat alles – niets is, schept hij het heelal. Hij blaast zichzelf op, splijt zijn gelijkheden in ongelijkheden, en zo vult hij zijn kamers met duizenden universa en miljoenen sterren en zwarte gaten, met materie en antimaterie, met licht en met donker, en met hoog en met laag. En

uiteindelijk met jou en met mij. Want man, God weet: ik besta alleen bij de gratie van anderen. Ik besta alleen *in* hun levens. In de belijdenis van de –

'Nee, *man*, dit *is* het –

'– de *shit*. Maar veel mensen *zien* dit niet. *Dit* is wat bedoeld wordt met de val, met Eva die uit haar tegengestelde wordt geschapen, en met die appel die uit de boom wordt geplukt: dat God uit zichzelf tegenstellingen maakt en zich losmaakt, dat hij mogelijkheden schept, voor zichzelf. Tegenstellingen, om te benutten. Weet je wel? Licht en donker, stilte en geluid, God *en* de mens. Het paradijs uit. Om *zelf* te leven.

'Het doel van het leven is niet het een of het ander. Het doel van het leven is dat beide bestaan. God en de mens. Jij en ik. *Hier*.

'En het kan God geen reet schelen of je bidt of niet, of je wel of niet in hem gelooft. Want ook als je hem ontkent, bevestig je zijn bestaan. Het gaat God er alleen om dat je *hier* bent.

'*Dat wij hier zijn*.

'Man, wij zijn Gods behoefte. Zijn noodzaak. Gods ijdelheid. *That's all*.'

*

'Jongen, wat was dat nou voor een gelul, gisteren, aan de telefoon?' Tom zat tegenover mij in de boomhut; hij was een jointje aan het draaien.

'Dat? Man, dat was geen gelul. Dat was... dat klopte. Ik zie dingen... *Echt*.'

'Ik weet niet wat er met jou aan de hand is...' Tom schudde zijn hoofd. 'Maar misschien moet je toch eens naar –'

'Nee, nee. Met mij is alles in orde. Echt. Steek jij die joint nou maar aan.'

'Ik heb geen vuur. Jij wel?'

Ik keek de boomhut rond. Op een stoel lag nog een rood doosje Zwaluw-lucifers. Ik schoof het open. Er zat nog één lucifer in.

'Da's niet genoeg,' zei ik. 'Ik pak die oude gasbrander van pa wel even, uit de werkplaats. Dan steken we die aan met deze lucifer en dan hebben we vuur zolang we willen.'

Tom grijnsde van oor tot oor. 'Ik wist wel dat je kon nadenken.'

ZES

Wat gewoon weer een doodnormale dag had moeten worden begon ook zo, als de zoveelste domme dinsdag van mijn leven, een dag waarop Tom en ik in de boomhut zaten te blowen en hij mij eerst afzeek om me vervolgens een denker te noemen. Echt, dat was het verraderlijke van die dag: dat ik meende hem te kunnen bestempelen als *weer* een domme dinsdag. Maar in plaats daarvan werd het dus die *ene* dinsdag. Die ene verdomde dinsdag en alles wat daarna kwam.

Na het roken van de joint viel ik in slaap, met een plaat van Elvis Presley op de achtergrond. Het was een verzamelaar, *For LP Fans Only*, met wat liedjes van de *Sun Sessions* erop. 'That's All Right', 'Mystery Train', 'Poor Boy'. Bill Black speelt bas, Scotty Moore gitaar. En Elvis zingt. Natuurlijk.

Man, dat was nog eens een gitarist, Scotty Moore. Die speelde ook geen noot te veel. En hij had ritme, *timing*: hij hing in de maat. Heb je zijn solo op 'Mystery Train' wel eens gehoord? Zes maten, en dat is het dan. Maar wel zes maten lang perfectie.

*

Ik werd wakker van een harde klap. Het duurde even voordat ik doorhad wat er aan de hand was. De boomhut stond in brand. Vlammen sloegen langs de houten muren omhoog. De warmte van het vuur plakte aan mijn huid vast.

Dit kan niet waar zijn, dacht ik. Dit is een film. Ik droom.

Maar toen viel een brandende plank naar beneden, op mijn been. En schreeuwde ik het uit van de pijn. Dit was dus geen droom. Ik ging op mijn buik liggen en kroop de kamer uit. Op het balkon pakte ik het gele touw van de ladder vast. Overal waren vlammen. Met het touw in mijn handen trok ik mezelf over de rand van het gat; ik had geen tijd om de ladder neer te laten. Vrijwel meteen knapte het touw. Met een harde klap belandde ik op de grond.

Ik stond op en keek naar het vuur daarboven. Pas toen dacht ik aan Tom. Ik raakte in paniek: was hij nog in de boomhut? Ik liep rond de boom en riep zijn naam. Ik moest terug omhoog, kijken of Tom nog binnen was, maar ik kreeg nergens grip op de grote stam. En de slappe takken die op de grond hingen bogen naar beneden als ik ze vastpakte.

'Tom!' schreeuwde ik. 'Tom! Godverdomme Tom, waar ben je?'

In de verte riep iemand mijn naam. Ik keek om. Het was Pieter. Ik stak mijn arm op: een pijnscheut schoot door mijn schouder heen. Toen zag ik dat mijn arm scheef stond in mijn trui. Ik drukte op een uitstekend stuk onder de stof. Het was hard.

Het was het bot van mijn onderarm.

*

Toen ik mijn ogen opendeed, lag ik in een ziekenhuisbed. Mijn moeder zat naast me. Ze liet een zuinige glimlach zien. 'Dag lieverd,' zei ze. 'Hoe voel je je?'

Ik haalde mijn schouders op en keek naar mijn arm, die in een dikke bandage zat. In mijn andere arm zat een infuus.

'Ze hebben je moeten opereren,' zei mama. 'Er is een plaatje op je spaakbeen gezet. Dat was lelijk gebroken.'

'En wat is dat?' zei ik, en ik wees naar mijn andere arm. Mijn tong voelde dik en droog aan.

'Morfine,' zei mijn moeder. 'Tegen de pijn.'

Ik draaide mijn hoofd opzij en keek naar buiten. Ik probeerde me te herinneren wat er was gebeurd, maar het enige wat ik voor me zag, waren beelden van een arts die naar mijn arm keek en iemand met een mondkapje op die iets voor mijn gezicht hield en zei dat ik van zeven moest terugtellen naar nul, en een groot, wit licht dat achter zijn hoofd scheen te stralen en me opslokte.

'Mag ik een glas water?' zei ik.

Mijn moeder drukte op de knop van een klein kastje dat naast me op de lakens lag. Niet veel later kwam een zuster gehaast mijn kamer binnen lopen. Ze keek mijn moeder aan en zei niets.

Maar ook mama zweeg.

'Mevrouw?' zei de zuster toen maar.

'Mijn zoon wil graag een glas water,' antwoordde mijn moeder.

*

Een dag na de operatie werd ik ontslagen uit het ziekenhuis. Ik zat op de bank in de voorkamer van het Oude Huis en had mijn ochtendjas aan. Mijn haar rook nog steeds naar rook.

Mijn moeder was met Rob naar de huisarts vertrokken. Ze had gezegd dat ik binnen moest blijven, maar dat had niet gehoeven: ik was niet van plan ergens heen te gaan. Het dak van mijn hoofd deed pijn en voelde licht aan. De huid van mijn handen was verbrand. En bij elke stap die ik zette, voelde ik de botten in mijn voeten en ribbenkast steken. Maar de meeste pijn had ik aan mijn arm: die voelde alsof iemand er een hakbijl in had gezet en een kop koffie was gaan drinken.

*

Ik werd wakker toen ik de deur van de keuken hoorde dichtvallen. Mijn grootvader kwam de voorkamer binnen.

'Hé, kerel,' zei hij. 'Ik hoorde dat je in het ziekenhuis had gelegen en ik dacht: eens even kijken wat er aan de hand is.'

Ik stotterde en snikte:

'Ik...' zei ik. 'U, maar... hoe...'

Mijn grootvader was in de voorkamer, of beter gezegd: mijn grootvader hing in de voorkamer, tussen het plafond en de vloer, boven de schouw, en hij praatte tegen me. Dat van die boom maakte helemaal niets uit, zei hij. Er groeide wel weer een nieuwe. Dat was het mooie van de natuur. En Tom, die was naar huis gegaan nadat ik in slaap was gevallen. Zonder de gasbrander uit te zetten. De onbenul. Zijn ouders hadden hem nu een week huisarrest gegeven:

hij mocht zijn kamer niet uit. Tenzij hij naar de wc moest, natuurlijk.

'De hele week niet naar school,' zei mijn grootvader. 'Als straf.' En hij begon onbedaarlijk hard te lachen.

*

Later hoorde ik nog iemand binnenkomen. Het was mijn moeder; ik hoorde haar hoge hakken weerklinken op de stenen van de hal en ging rechtop zitten op de bank en legde mijn ingepakte arm op mijn schoot. Mijn grootvader was verdwenen. Toch wist ik niet zeker of ik wakker was of droomde.

'Sorry,' zei mijn moeder toen ze binnenkwam. 'Het spijt me enorm dat ik weg moest en dat we je even alleen moesten laten, maar Rob en ik, we wilden –'

'Het maakt niet uit,' zei ik. 'Ik was niet alleen.'

Mijn moeder fronste haar wenkbrauwen.

'Wie was hier dan?'

'Opa,' zei ik.

'Opa?' Mijn moeder keek me verbaasd aan. 'Maar opa is dood, lieverd. Het spijt me heel erg, maar –'

*

'En dit?' zei mijn moeder tegen Rob. 'Denk je dat dit nog steeds met de morfine te maken heeft? Die arts kan me nog meer vertellen. Ik ga dokter Van Polier bellen.'

Ik stond in de woonkamer met mijn goede arm aan een raam te trekken.

'Wel,' zei ik. '*Wel.* Opa was *wel* hier! Je kunt me – Laat me gaan!'

*

Ik lag op mijn zij, in bed, met mijn vrije arm onder mijn hoofd, en ik keek door mijn wimpers heen naar mijn verbrande vingers. Het was vroeg in de morgen. De zon kwam door de gordijnen heen. Ik had de hele nacht niet geslapen. Alles, maar echt *alles* aan mijn lichaam deed pijn: mijn handen, mijn oren, mijn ogen en mijn hoofd. Mijn arm. En ik had een erg onrustig gevoel, alsof ik ergens heen moest.

Mijn moeder was ook in de kamer, met Rob. Naast hen stonden dokter Van Polier en de huisarts.

'Dit is nou precies waar we al jaren bang voor waren,' zei mijn moeder. 'En nu hebben jullie geen plan?'

'Liefje,' begon Rob.

'Niets *liefje*, Rob. Ik wil weten wat er aan de hand is met mijn zoon. Nu. En ik wil weten wat het plan is.'

*

Ik was moe maar wakker en kwam niet meer in slaap. Mijn slapen dreunden als de wielen van een trein bij een spoorwegovergang. Chagrijnig draaide ik me om en ging op de rand van het bed zitten.

'Mam,' riep ik. 'Godverdomme, mam. Lag ik bijna te slapen, en dan kom jij...' Maar mijn moeder was niet meer in mijn kamer.

Dokter Van Polier kwam mijn kamer binnen. Mama was er niet meer, zei ze. Ze was even weg, met de huisarts. Rob was beneden. Moest ze die roepen?

Ik schudde mijn hoofd: dat hoefde niet.

'Vertel dan eens wat er is gebeurd,' zei dokter Van Polier. 'Met je arm.'

*

Ik stond buiten, op het pad, met mijn kleren aan en mijn fiets in de hand. De veters van mijn schoenen zaten los. Mijn jas stond open.

Voor mij stond Rob. Hij hield mijn fiets vast. Dokter Van Polier stond naast hem. Ze praatte tegen me, maar ik hoorde niet wat ze zei. Ik keek naar mijn moeder, die bij de voordeur stond, tussen de oude kanonnen van mijn grootvader in. Ze huilde.

Toen kwam een politieauto het pad op gereden. Twee agenten stapten uit en zetten hun pet op. Aan hun riemen zag ik de handboeien glimmen.

Waarom ben ik niet zoals Tom, dacht ik. Die had hier wel een uitweg gezien. Die had zijn vleugel nooit op slot laten zetten en een inval van vijandelijke stukken afgeweerd. Die had verdomme een tegenaanval ingezet toen dokter Van Polier zei dat ik niet heel duidelijk was, dat er iets mis was in mijn hoofd. Dat ik even zou weggaan, maar dat het voor mijn eigen bestwil was.

Zoiets had Tom nooit geloofd, die was hem op tijd gesmeerd. Die had niet op de smerissen gewacht.

Maar ik ben Tom niet, dacht ik toen. En de politieagenten kwamen naar mij toe gelopen.

'Oké,' zei ik. 'Ik geef me over.' Ik stak mijn armen de lucht in en drukte mijn polsen tegen elkaar.

*

De volgende ochtend werd ik wakker in een witte kamer met vier kale muren. Ik droeg een ziekenhuispyjama met niets eronder en had het koud. Het was rustig in mijn hoofd. Ik bleef stil zitten en wachtte. Ik werd wel vaker wakker met stilte, maar vaak verdween die na enkele minuten weer. Nu ook.

Ik keek de kamer rond. Boven me zag ik drie lichtbakken met tl-buizen erin. Aan een van de vier muren was een groot krijtbord opgehangen. 'Ik niet,' stond erop, en dat een keer of honderd. Daarboven stond: 'Tom.'

Toen keek ik naar mijn rechterhand. Hij was dik. Twee knokkels lagen open. En ineens begon mijn hand pijn te doen. Ik kneep mijn ogen samen. Mijn linkerarm jeukte onder het verband.

Op dat moment ging de deur open en kwamen twee mannen de kamer binnen. De voorste droeg een doktersjas. 'Goedemorgen Ben,' zei hij. 'Heb je goed geslapen?'

De achterste, gekleed als een verpleger, zette een dienblad met eten op de grond.

De voorste man knielde naast mij neer en nam twee vingers van mijn pijnlijke hand in zijn hand. Hij vroeg of hij even naar mijn hand mocht kijken en hij drukte op mijn knokkels. 'Doet dit pijn?' zei hij. Hij had veel rimpels rond zijn mond.

Ik haalde mijn schouders op. Het ging.

'En dit? Doet dit pijn?'

Een pijnscheut trok langs mijn arm omhoog. Ik knikte.

Ik keek over de schouder van de arts naar de verpleger. 'Waar ben ik?' zei ik. Maar de verpleger reageerde niet. Ik keek weer naar de dokter, maar die keek nog steeds naar mijn hand. 'Nou?' zei ik.

De arts keek mij kort aan. 'Je bent opgenomen,' zei hij. 'In de Thorbeckehof, in Zwolle.'

De Thorbeckehof. Daar werden de doorgedraaide debielen en daklozen uit de binnenstad gedumpt. Ik probeerde overeind te komen, maar mijn benen werkten niet mee. Dus viel ik achterover, op het matras.

'Ho ho,' zei de dokter. 'Rustig aan.' Hij gaf mij twee pillen die hem door de andere man werden aangereikt. 'Hier, deze moet je even innemen.'

Ik schudde mijn hoofd. 'Nee, nee. Ik moet hier weg.'

'Als je deze pillen niet inneemt, zullen we je weer een spuitje moeten geven,' zei de dokter. 'En ik meen me te herinneren dat je daar behoorlijk bang voor was, vannacht.'

De verpleger gaf mij een kartonnen bekertje met water. 'Houd je vaker een oog dicht als je met mensen praat?' vroeg de dokter.

Ik haalde mijn schouders op. 'Soms,' zei ik. 'Anders krijg ik hoofdpijn.' Dat was waar: als ik mijn rechteroog niet af en toe dichtkneep, kreeg ik hoofdpijn. 'Ik moet naar de wc,' zei ik toen.

De verpleger, die nog niets had gezegd, nam het kartonnen bekertje aan. Hij wees naar een plastic po die op de grond stond. 'Dat kan daar,' zei hij.

'Anders naar de wc,' antwoordde ik.

'En dat kan dan daar,' zei hij. Hij wees naar een kartonnen doos in een hoek van de kamer.

*

Van die vier dagen in de separeercel van de Thorbeckehof kan ik me verder niet zoveel herinneren. En daar ben ik ook wel blij om, eerlijk gezegd. Want wat ik me nog wel herinner, man, dat is echt niet oké.

Ik heb bijvoorbeeld met een plastic mes in mijn arm gekrast tot ik begon te bloeden. Dat deed ik omdat ik iets nodig had om mee te kunnen schrijven. Het krijtbord kon ik daarvoor niet gebruiken, want daar zat een magneet achter die het krijtje bestuurde. Dus sneed ik in mijn arm, zodat ik met mijn bloed op de muren kon schrijven. Dat kun je nog steeds zien: ik heb een stuk of zes kleine, witte littekens op mijn rechteronderarm. Mijn linkerarm is littekenvrij, want daar zat die bandage om. Gelukkig maar, want dat is de arm die je goed ziet als ik gitaar speel.

Nu denk ik: waarom deed ik dat in godsnaam, mezelf in mijn arm snijden? Maar toen dacht ik daar niet bij na. Man, ik *moest* mezelf wel snijden, want ik moest de woorden in mijn hoofd ergens tegenaan gooien. En er was niemand om tegen te praten, geen schrift om in te schrijven.

Ik wilde zo verdomd graag dat er iemand was die naar me luisterde. Maar ze gaven me een spuitje en stopten me in een geluiddichte isoleercel, met een plastic matras, en plastic gordijnen en een plastic vloer – echt *alles* was van plastic daar – en gingen weer voor de televisie zitten. De wereld draait wel door, weet je wel? Ik *moest* dus wel op de muren schrijven om mijn gedachten naar buiten te krijgen, om me te uiten, om de druk van de ketel te halen. Want dat is wat mijn hoofd was: een hogedrukketel van gedachten. Man, ik knapte bijna uit elkaar van ideeën.

Ik laat me nooit meer in zo'n verdomde isoleercel opsluiten. Echt *nooit*. Als ik daar nog een keer terechtkom, sla ik een gat in de muur, of eet ik die plastic gordijnen op.

Ik meen het.

*

Na vijf dagen isoleercel mocht ik, onder de voorwaarde dat ik mijn medicatie zou blijven slikken, naar de gesloten afdeling verhuizen. Mijn moeder kwam daar de eerste dag al op bezoek, hoewel ik eigenlijk geen bezoek mocht ontvangen. Ze had mokkataart meegebracht – mijn lievelingstaart – en mijn platenspeler, met enkele platen erbij: Bert Jansch, The Beatles, David Crosby. Een goede keuze, zeker voor iemand die zo weinig van mij wist. Mijn moeder vertelde me dat een verzoek tot hechtenis was aangevraagd voor mij en dat zo'n verzoek moest voorkomen bij de rechter. Dat betekende dat ik in de Thorbeckehof moest blijven tot er een rechter kwam om naar me te komen kijken. Dat kon wel twee weken duren.

Mijn moeder bracht taart mee om me te vertellen dat ik opgesloten bleef. Dus stond ik op en pakte de stoel op waar ik op had gezeten en gooide die in één beweging naar mijn moeder toe. Met mijn goede arm, uiteraard. Maar doordat mijn moeder de stoel ontweek, landde hij boven op de taart die ze had meegebracht.

*

Op de gesloten afdeling had ik een buurman die Mohammed heette. Mo was een jaar of dertig en riep de hele dag

'Allah-oe Akbar'. Hij dacht dat hij de reïncarnatie van Mohammed was. Mijn andere buurman was Jimmy; een jongen van een jaar of vijfentwintig, die dacht dat de ziel van Tupac Shakur in hem was gevlogen. Jimmy deed de hele dag niets anders dan rappen over zijn vorige leven in Amerika. En 's nachts hoorde je hem touwtjespringen in zijn kamer en zich opdrukken: een klap in zijn handen voor elke keer dat hij omhoog kwam.

Na meer dan een week op de gesloten afdeling had ik mijn eerste gesprek met een dokter: dokter Freiman. Dokter Freimans grijze haar lag in een strakke scheiding over zijn hoofd en aan zijn pink droeg hij een zegelring. Hij praatte heel zacht. Zo zacht dat je hem soms bijna niet verstond.

Dokter Freiman zei dat ik een psychose had. En dat ik niet de enige persoon was die dat meemaakte. Het betekende dat de regels die mijn leven normaal gesproken begrijpelijk maakten onder druk kwamen te staan: er kwam een ander soort denken voor in de plaats. En daardoor zou ik rare dingen kunnen gaan doen. Daarom was ik opgenomen: omdat ik een gevaar zou kunnen zijn voor mijzelf en voor mijn omgeving.

'En hoewel het vreemd is en vermoedelijk ook wel een beetje eng,' zei Freiman, 'en hoewel je soms denkt dat wij je tegenwerken, zijn wij hier om je te helpen. Wij willen je laten weten dat je niet alleen bent. Wij willen je helpen beter te worden.'

Ik zei dokter Freiman dat ik geen psychose had. Ik had een *burn-out* gehad, dat was alles. Ik had een tijd te weinig geslapen en als gevolg daarvan was mijn benzine opgeraakt. Maar de afgelopen week had ik meer dan genoeg kunnen bijslapen. Sterker nog: op de gesloten afdeling was er niets anders te doen. En zo goed als ik me nu voelde, zo goed had ik me nog nooit gevoeld. Echt nog *nooit*. Ik had de dingen nog nooit zo duidelijk gezien. Dokter Freiman kon mij dus rustig laten gaan voordat de rechter zou komen. Ik had geen hulp nodig.

'Nou,' zei dokter Freiman, 'dat denken wij wel, dat je hulp nodig hebt. Want als wij zo naar je gedrag kijken, dan vertoon jij helemaal geen symptomen die met een burn-out of de nasleep daarvan te maken hebben. Wat je wel vertoont, is psychotisch gedrag. Je bent manisch ontremd en je hebt het contact met de werkelijkheid verloren.'

*

Op een middag was de rechter er opeens. Een verpleger kwam me halen en nam me mee naar een deel van de kliniek waar ik nog nooit was geweest. Hij zette me neer in een kamertje met twee tafels en een stuk of acht stoelen waar ik moest wachten. Toen deed hij de deur dicht.

De kamer was op de begane grond. En een van de ramen stond op de kiepstand. Ik stond op, sloot het raam, draaide de hendel een kwartslag omhoog en trok hem naar me toe. Het raam ging helemaal open. Snel ging ik op het kozijn zitten en plaatste een voet op het bloembed aan de buitenkant. De aarde was zwart en zacht en nat en mijn schoen zakte er diep in weg.

Op dat moment ging de deur open.

'Staan blijven!' riep de verpleger.

Maar man, dat was natuurlijk wel het laatste wat ik van plan was, staan blijven. Me nog langer laten afremmen.

Dus begon ik te rennen: het bloemperk door, het grasveld voor de kliniek over, zo de straat op. En ik durfde niet achterom te kijken. Pas bij de eerste kruising die ik tegenkwam, deed ik dat. Ik keek over mijn schouder en zag niets.

Toen liep ik tegen een auto aan.

*

Ik zat tegenover de rechter, met schaafwonden op mijn handen en een pijnlijke rechterknie. Ook mijn verbonden arm deed pijn. Mijn moeder zat achter mij. Ik wilde helemaal niet dat zij er was en dat had ik ook gezegd, maar de rechter had gezegd dat mijn moeder mijn voogd was en dat ze daarom moest blijven. Vervolgens vroeg zij me mijn kant van het verhaal te vertellen, vanaf het moment dat ik op school aan de proefwerkweek was begonnen tot aan mijn mislukte vluchtpoging.

Dat was geen probleem, zei ik, en ik begon te vertellen. Maar zo makkelijk bleek dat niet te zijn, om haar het hele verhaal te vertellen. Echt *niet*. Want sommige dingen waren moeilijk te herinneren, en andere dingen *wilde* ik me niet herinneren. En soms schoot me tijdens het vertellen iets belangrijks te binnen, en dan wilde ik daar zo snel mogelijk naartoe, uit angst dat ik het anders weer zou vergeten, maar op een ander moment merkte ik halverwege een zin dat ik over iets begonnen was waarvan ik helemaal niet wilde dat de rechter of mijn moeder dat te weten zou komen. Iets over Tom, bijvoorbeeld, of over het blowen. Daardoor moest ik me soms in en uit verschillende bochten lullen. Dan hoorde ik mezelf praten en dacht ik: Ben van Deventer, daar klopt geen zak van. Daar kwam dan nog bij dat de rechter me tijdens mijn verhaal meerdere keren vroeg wat langzamer te spreken. Op die momenten raakte ik de draad van mijn verhaal helemaal kwijt.

Omdat de rechter me niet helemaal kon volgen, geloof ik, en omdat mijn vluchtpoging haar nou ook niet bepaald vrolijk had gestemd, zoals ze dat zelf zei, oordeelde ze dat ik voor een periode van maximaal zes maanden in de kliniek van de Thorbeckehof moest blijven. Dat betekende overigens niet dat ik een behandeling *moest* ondergaan. Maar mocht ik met een behandeling instemmen, dan was de kans groter dat ik voor die tijd zou worden ontslagen. Dat ik dus niet het hele halve jaar uit hoefde te zitten en dat –

Maar nog voordat de rechter was uitgesproken, stond ik op en liep ik de gang in. Ik ging naar mijn kamer. Wie dacht die trut wel niet dat ze was, dat ze me voor een halfjaar kon opsluiten?

Ik ging op mijn bed liggen. Ik voelde me net als Alice, in de film, als ze opgesloten zit in die kamer met die duizenden deuren met dat slot erop en ze niet meer weet wat ze moet doen. Net als Alice moest ik huilen. En net als Alice kon ik, toen ik daar eenmaal mee was begonnen, er bijna niet meer mee ophouden.

*

Je bent hypomanisch en wat doe je de hele tijd? Je denkt na. Ik dacht vooral na over God. God en de muziek en mijn vader en mijn moeder. Ik bleef de hele nacht wakker en las drie boeken door. Ik maakte aantekeningen in de marges van de bladzijden: 'klopt niet! *misschien nu. Maar over twee of drie eeuwen?* WE ZIJN NET ZO GEBONDEN AAN HET RITME ALS AAN DE MELODIE! WANT HET RITME = DE MELODIE. TWEE KANTEN VAN EEN MUNT.'

Als ik klaar was, tekende ik met balpen tatoeages uit op mijn lichaam. Ik leende de tondeuse van de jongen naast mij en schoor mijn haar en wenkbrauwen af.

Overdag werkte ik veel aan de collage op mijn muur; een collage zoals op de muur van de boomhut. Ik plakte afbeeldingen en artikelen en koppen op die met elkaar te maken hadden: een voetballer, Iggy Pop, de president van Amerika, 'RUIM HONDERD HERVORMERS OPGEPAKT'.

'YOU EITHER DIE A HERO, OR LIVE LONG ENOUGH TO SEE YOURSELF BECOME THE VILLAIN,' schreef ik boven mijn collage.

En als ik niet nadacht, wachtte ik op mijn bezoek, dat elke middag tussen vijf en zes langskwam, om de collage te tonen en verslag te doen van mijn ideeën.

*

Toen mevrouw Vonneau een keer langskwam met een cd van een symfonie van Beethoven vertelde ik dat ik die niet kon beluisteren op mijn draagbare platenspelertje. Maar dat maakte niet uit, zei ik: ik wist alle stukken van Beethoven nog die ik met haar had gespeeld en de toonsoort waarin ze begonnen. Om dat te bewijzen, begon ik ze op te sommen. Toen ik klaar was zei ik: 'Kunt u nu weggaan? Ik ben nogal moe.'

Die nacht, in bed, begreep ik Beethovens tweede symfonie. Het was een analogie van het leven van Christus. Ik pakte mijn aantekenboekje en schreef de overeenkomst uit.

*

Je krijgt medicijnen om je rustig te maken, om de normale logica in je leven terug te krijgen. Want dat is er veranderd: de logica. Al je denken is anders geworden.

Wanneer je 's ochtends opstaat en gaat ontbijten is een groene banaan niet langer een onrijpe banaan die je nog niet moet eten: nee, het is een *rijpe* banaan. *Juist* een rijpe banaan. Want groen betekent: gaan. En een rode appel die in dezelfde vruchtenmand zit en die wel rijp is, die eet je niet. Want rood betekent: stoppen. Een rode appel is waarschijnlijk vergiftigd. Net zoals de appel in *Sneeuwwitje en de Zeven Dwergen*. Alleen groen is goed.

Je blijft maar ratelen over wat je ziet en wat je bedenkt. Je blijft het maar *moeten* zeggen tegen iedereen die je tegenkomt. Je bent een hogedrukketel, een waterketel die constant fluit. En de medicijnen krijgen het vuur niet uit.

Je bent een trein die zo snel van gedachte naar gedachte gaat, van gevoel naar gevoel, dat je nergens halt houdt. En niemand kan aan boord stappen.

Als je op een nacht wordt gewekt en je wordt verteld dat de vrouw in de kamer tegenover je zichzelf heeft opgehangen, haal je je schouders op en vraag je: moeten jullie me daarom wekken? Om die vrouw die dacht dat ze spermapizza's at, die zei dat jullie haar wilden vergiftigen, die zichzelf gisteren nog midden in de woonkamer uitkleedde terwijl Rudi op bezoek was, om *die* vrouw ben ik wakker gemaakt?

*

Na twee weken in de Thorbeckehof begon de trein in mijn hoofd vaart te minderen; de medicijnen remden het opgestookte vuur van de locomotief. En doordat ik niet langer de hele dag kolen kon scheppen, kon ik wat beter nadenken over mijn eigen situatie.

Ik had nog niets van Tom gehoord. Maar echt *niets*. En ook niet van mijn vader. Rob was langs geweest, en Rudi, en meneer De Witt, en Pieter, en mevrouw Vonneau. Zelfs mijn Amsterdamse oom kwam elke week langs. Maar van Tom en mijn vader had ik *niets* gehoord. Dus besloot ik ze een brief te schrijven. Ik vroeg de verpleging om pen en papier en ging aan de slag. Dit is wat ik mijn vader schreef:

Lieve papa,

Om maar meteen met de deur in huis te vallen: er zijn drie dingen die ik je wil vertellen: dat ik ben opgenomen in een Hof (maar niet die van Eden), dat Bert Jansch een van de beste gitaristen aller tijden is door de noten die hij niet *speelt (dat door wat hij niet doet, hij dus wel de gitarist is die hij is) en dat ik je verjaardag niet vergeten ben maar hem heb geboycot.*

Een aantal weken geleden werd ik door de slang op een zaterdagmorgen op een doordeweekse tijd gewekt en in de auto van de zondeval gezet, zo het paradijs uit.

(Of ik werd als een kind in een kribbe gelegd en een rivier op geduwd, alleen dreef ik niet naar de vader van het land, maar verder nog: de zee op. En jij was er niet om mij te helpen.)

Ik, Boy-Cot, boycot jouw verjaardag dus. Ik wacht tot jij mij komt halen en dit onrecht recht maakt. Dan kunnen wij je verjaren groots vieren. Samen.

Nu moet ik gaan: ik moet nog meer brieven schrijven.

Tot snel.

Een kus van

je zoon

De brief aan Tom was niet zo'n korte brief als die aan mijn vader. Sterker nog: ik geloof dat hij wel tien kantjes lang was. Het was dan ook de eerste brief die ik ooit aan Tom schreef. Ik vertelde hem hoe het in de Thorbeckehof was, dat de doktoren mijn medicatie hadden verhoogd, en over mijn moeder en de rechter en hun een-tweetje. Natuurlijk had ik Tom ook veel te vragen: hoe het met hem ging, of zijn ouders boos op me waren, en of hij binnenkort eens langskwam, ook als het van zijn ouders niet mocht.

Aan het einde van de brief schreef ik dat ik niet boos was: ik had de gasbrander ook zelf kunnen uitzetten.

Achter op de envelop aan mijn vader schreef ik mijn naam en het adres van de kliniek. Op de envelop van Tom deed ik dat niet, want ik wilde niet dat Toms ouders zagen dat de brief van mij kwam.

Die middag vroeg ik de echtgenote van een wat oudere man bij mij op de afdeling of zij de twee brieven voor mij op de post wilde doen. Om te zorgen dat de vrouw geen argwaan kreeg, vertelde ik haar dat de post in de kliniek voor één uur 's middags de deur uit moest en dat ik dat niet had gehaald, maar dat één van de twee brieven een brief voor mijn vader was, die hij snel moest krijgen. De vrouw nam de envelop met een glimlach aan. Het was geen probleem, zei ze: op de terugweg naar huis zou ze de brieven in een brievenbus gooien.

Het was een aardige vrouw hoor, met grijs, golvend haar en grote, parelmoeren oorbellen, maar ze was wel wat goedgelovig, zeker voor iemand wier man zo psychotisch was dat hij meende Napoleon te zijn. Die brieven hadden helemaal geen haast: ik wilde gewoon niet dat de verpleging mijn brieven las. Want echt, dat deden ze: daarom moest je je brieven ook om één uur inleveren. Dan hadden ze de tijd om ze door te lezen en te censureren.

*

Een week later mocht ik naar de halfopen afdeling in de Thorbeckehof. Daar bleef ik vier of vijf weken. De halfopen afdeling kende een strak programma.

Zondagavond. Het bed verschonen. Het rubberen matras van het hoeslaken ontdoen, de lakens in een zak stoppen, het schone beddengoed erop. Naar bed. Aftrekken. In slaap vallen.

Maandagochtend. Wakker worden. Aftrekken in bed. Aftrekken onder de douche. De dagopening. Aftrekken in gedachten. Honderd keer zeggen dat het goed gaat. Maar *echt*. In een groep je weekdoelen bespreken. Knikken, veel knikken. Die verdomde doelen, die verdomde groep, de hele tijd dat samenzijn, elk moment van de dag, alles bespreken: je wordt er gek van. En het is pas maandag.

Dinsdag. De dagopening. Persoonlijke training. De lunch. Het themapraatje. Fysiotherapie, gevolgd door de Lieberman-basistraining. Mannen van veertig jaar oud die niet weten hoeveel vlakken een dobbelsteen heeft. Avondeten. Spaghetti bolognese. Een vlaflip toe. Bezoekuur. Maar niemand die langskomt. Dan maar wat achter de computer zitten. De blokkering omzeilen. Sekssites kijken. Aftrekken. Of een sigaretje roken. Want roken, dat is de laatste vrijheid die je hebt: ze bepalen wanneer je mag eten, wanneer je moet opstaan, wanneer je naar bed gaat, alleen dat ene sigaretje, dat bepaal je zelf.

Woensdag. Ontbijt. Witte boterhammen met boter en hagelslag. Lauwe, langlekker melk. Psycho-educatie. Besef kweken. Inzicht krijgen. Een uur lang luisteren en knikken. Dan de lunch. Nog meer witte boterhammen.

's Middags ga je sporten. Je schopt tegen schenen, wilt benen breken, staat zwetend onder de douche met een knoop in je maag die niet weggaat. Na het eten: minithema. Een spelletje. *Wie ben ik?*

Donderdag. Meer van hetzelfde. De dagopening. Je kunt het niet meer opbrengen iets te zeggen. De muren komen op je af. De ramen ook: je wilt erdoorheen springen. De lunch. Krentenbollen met kaas. Ergotherapie. Koken. Eten. Bezoekuur. Inslapen. Doodgaan.

En weer wakker worden op vrijdag. Zwolle in, maar onder begeleiding. Na de lunch: corvee. De huiskamer opruimen, de computerkamer, de slaapkamers. De meeste mensen gaan zo naar huis. Maar jij niet: jij kunt je lakens laten liggen. Want die haal je pas zondagavond af, als de rest terugkomt en schone lakens voor de nieuwe week krijgt.

*

Na vier of vijf weken halfopen afdeling mocht ik voor het eerst een weekend naar huis, voor de verjaardag van mijn moeder. Ik kreeg zulke sterke medicatie mee dat ik de hele dag in slaap viel. Ik kon bijna niet recht op een stoel blijven zitten. Maar echt *niet*: mijn ogen vielen de hele tijd dicht en mijn bovenlijf zocht constant een horizontale positie op.

Dus lag ik het hele weekend op de bank, in de voorkamer. Eén keer ben ik naar buiten geweest: met Pieter, voor een rondje met de honden. Toen we langs Toms huis liepen, zaten de luiken dicht.

'Waar zijn die heen?' vroeg ik aan Pieter.

'Met vakantie,' zei hij.

*

In de weken na het bezoek aan mijn moeder werd mijn medicatie wat naar beneden bijgesteld. Op een ochtend ontwaakte ik uit een vreemde droom. Ik had gedroomd dat Tom de middag van de boomhutbrand net als ik in slaap was gevallen, maar op de leunstoel in de andere ruimte, die ene waar het stro door de rode bekleding heen naar buiten stak. Toen de brand was uitgebroken en de vlammen het dak hadden bereikt, was een draagbalk naar beneden gevallen. Die had Tom op zijn hoofd gekregen. Door de klap was ik wakker geworden, maar was Tom buiten bewustzijn geraakt. En verbrand.

Toen ik wakker werd, wist ik zeker dat wat ik had gedroomd, waarheid was. Dat het echt was gebeurd.

Die avond kwam mijn moeder langs. Ze vertelde me dat ik zou worden overgeplaatst naar een andere kliniek, in Den Dolder, waar meer mensen van mijn leeftijd zaten. Dat was beter voor mijn herstel. Het was een heel goede kliniek, met een lange wachtlijst.

'Wanneer kan ik hier weg dan?' vroeg ik.

Mijn moeder was even stil. 'Op zo kort mogelijke termijn,' zei ze. 'Hopelijk. Het hangt van de bedden in Den Dolder af. Morgen moet je wat vragenlijsten invullen. Dan rij ik je volgende week daarheen voor een toelatingsgesprek. Ik heb vorige week al met ze gesproken over een anamnese.'

'Oké,' zei ik.

'En dan moet je niet zo met je ogen knijpen,' zei mijn moeder. 'Dat maakt een slechte indruk.'

Het bleef even stil.

'Het was niet makkelijk om dat te regelen,' zei mijn moeder daarna. 'Met al die wachtlijsten en zo. Je mag me –'

'Hij is dood, hè?' zei ik toen, opeens.

Mijn moeder keek me aan. Ze zei niets.

'Zeg het maar,' zei ik. 'Ik weet het wel, dat hij dood is. Ik voel het. Ik heb het gedroomd.'

'Ja,' zei mijn moeder toen, en haar neusvleugels trilden. 'Hij is dood, ja. Het spijt me. Ik kon het je niet vertellen omdat...'

Maar ik hoorde al niet meer wat mijn moeder zei; ik *zag* alleen nog dat ze sprak. Haar lippen bewogen, maar haar woorden bereikten mij niet. Het was alsof de volumeknop van haar stem was weggedraaid.

Ik sloot mijn linkeroog.

Toen ik mijn ogen weer opende, zat mijn moeder nog steeds voor me. Ik zag dat ze had gehuild.

'Het spijt me,' zei ze. Het geluid was teruggekeerd. 'Ik weet hoe belangrijk hij voor je was.'

*

De volgende dag moest ik twee vragenlijsten invullen. De eerste was een lange lijst met allerlei stellingen waarop je kon antwoorden met vier mogelijkheden, oplopend van 'helemaal van toepassing' tot 'helemaal niet van toepassing'. Een stelling was bijvoorbeeld: 'Ik kan de dingen uit mijn omgeving niet helder en duidelijk genoeg in mij opnemen.' Een andere was: 'Zelfs als ik iets heel duidelijk hoor, ben ik toch onzeker of ik het me verbeeld.'

De tweede test begon zo: 'Deze test bestaat uit 150 vragen. Neem voor elke vraag rustig de tijd.' Maar dat was niet nodig. Want wat er had moeten staan, was dit: 'Deze test bestaat uit 10 vragen, maar 15 keer anders gesteld. Dat zie je zo. Als je slim bent, ben je dus zo klaar.'

Want 'Ik ben gesloten', 'Ik ben introvert', 'Ik hou mijzelf graag op de achtergrond': dat is toch drie keer dezelfde vraag? Of deze variatie, de melodie in contrapunt: 'Ik stort snel mijn hart uit.'

Een week of twee daarvoor zou ik waarschijnlijk wat hebben gezegd, na tien ingevulde vragen de bladen hebben teruggegeven en opgemerkt hebben dat ik het begrepen had. Maar die testen, met die domme vragen en die infantiele antwoordmogelijkheden, die konden me nu werkelijk niets meer schelen. Echt *niets*. Ik had geen zin me op te winden over dergelijke domheid. Want mijn beste vriend was overleden. Door *mijn* schuld. En ik was niet eens naar zijn begrafenis geweest.

*

Op een donderdag, het was hoogzomer, reed ik met mijn moeder naar Den Dolder. We reden over de IJssel en langs het Nuldernauw, waar mensen aan het zwemmen waren.

Het toelatingsgesprek had plaats in een kleine kamer op felgekleurde stoelen. Voor ons stond een lage, glazen tafel. De muren waren wit. Tegenover ons zaten drie mensen: Isa, de arts-assistent; Giel, een maatschappelijk werker; en Caroline, een meisje met de mooiste tanden die ik ooit had gezien. Caroline studeerde nog, volgens mij, want ze was veel jonger dan Isa en Giel en ze zei niets en maakte alleen maar aantekeningen.

Ik stelde mezelf op verzoek van Isa voor en legde uit waarom ik op gesprek was gekomen. Ik had een psychose gehad, zei ik, en een hypomanie, en daarom had ik een tijdje in een kliniek gezeten, maar nu wilde ik beter worden. Voor elkaar krijgen dat ik mijn pillen niet meer in hoefde te nemen, en begrijpen wat ik had. Want die pillen, daar kreeg ik pukkels van, op mijn voorhoofd en op mijn slapen en mijn borst.

Toen keek ik naar mijn moeder. 'En ik wil terug naar school, natuurlijk.'

Isa glimlachte. 'Natuurlijk,' zei ze. 'En we begrijpen ook heel goed dat je liever geen medicatie meer inneemt. Maar de komende tijd laten we je medicatie toch nog even zoals ze is.' Toen keek ze naar het notitieblok op haar schoot. 'Wat krijg je nu precies?'

'Tien milligram olanzapine,' zei ik, ''s ochtends en 's avonds. En Macrogol, driemaal daags, vlak voor het eten. En dan ook nog een diazepam, voor het slapengaan.'

'Ja, dat is niet niets natuurlijk. En gebruik je daarnaast nog drugs?'

Ze zei het zo terloops dat de vraag me bijna niet verbaasde. Toen zei ik dat ik niet zou weten hoe dat zou moeten. En dat het me niet verstandig leek, natuurlijk.

'En wordt dat in Zwolle ook getest?'
Ik knikte.
Isa wreef met haar duim en wijsvinger over haar neusbrug. Haar bril kwam daarbij een beetje omhoog. 'Goed, misschien dat we je dan vragen dat hier af en toe ook te doen. Dan kunnen we kijken of je psychose door de drugs kwam, of door iets anders, door een bipolaire of een borderlinestoornis, bijvoorbeeld, of door schizofrenie.'

Ik keek Isa aan en zei niets. Ik wist niet wat ik moest zeggen.

Toen sloot Isa de map die op haar schoot lag en zei ze: 'Dat zijn allemaal grote woorden, natuurlijk, die ik hier noem. Maar niets is nog zeker. Daarom ben je hier, om erachter te komen wat er mis is en om ervoor te zorgen dat het niet meer terugkomt. Want heel veel mensen van jouw leeftijd komen er heel goed uit, uit zo'n psychose. Die zien wij hier nooit meer terug.'

Isa stond op en stak haar hand uit. De man naast haar stond ook op. Alleen het meisje dat de hele tijd aantekeningen maakte, bleef zitten. 'Dan gaan we nu nog even met je moeder praten, goed? Giel laat je de kliniek wel even zien.'

ZEVEN

Mijn eerste dag in de adolescentenkliniek. Op een muur werd een lijst van zeven vragen geprojecteerd, waarvan je er drie moest uitkiezen. Aan de hand van die drie vragen moest je je voorstellen: zeggen wie je was, waar je vandaan kwam en hoe je in Den Dolder terecht was gekomen. Ik koos 'Hoe oud wil je worden?', 'Wat is geluk?' en 'Wat is je lievelingsfilm? En waarom?' Toen ik me realiseerde dat die laatste vraag uit twee vragen bestond, koos ik voor een andere vraag: 'Wat zijn jouw doelen voor de toekomst?'

Arthur, de begeleider van die morgen, vroeg aan de jongen die naast mij zat of hij wilde beginnen. Zijn naam was Bob. Bob had dik, zwart haar dat alle kanten op krulde en droeg een grote, zwarte bril met dikke glazen. Als Bob zijn mond opendeed, zag je dat zijn bovenvoortanden wat verder naar achteren stonden dan de rest van zijn gebit.

Bob was eenentwintig, en hij zat in de adolescentenkliniek omdat hij voor de tweede keer in zijn leven een psychose had gehad. Dat kwam doordat hij zijn ziekte na zijn eerste psychose wat had onderschat. Hij was op een gegeven moment gestopt met het bezoeken van de psychiater en het innemen van zijn medicatie. Maar echt mis was het pas gegaan toen hij weer meerdere keren per week begon uit te gaan.

Bob haalde zijn wenkbrauwen op en plaatste twee vingers tegen zijn lippen. 'Tja,' zei hij toen, en hij keek naar de vragenlijst op de muur. 'Mijn lievelingsfilm is *The Shawshank Redemption*, met Morgan Freeman, omdat ik het een erg mooi verhaal vind. Ik hou gewoon erg van films met voice-overs. Verder hou ik ook van oude Britse auto's.'

Arthur vroeg Bob of er nog een speciale reden was waarom hij zo van Engelse auto's hield.

'Omdat mijn vader daar races mee rijdt. En mijn oudere broer ook. We hebben thuis een garage vol met Britse auto's. Als ik hier weg mag, ga ik weer bij mijn ouders wonen en ga ik ook in die auto's racen. Als alles goed gaat, kan ik wellicht weer gaan studeren. Met de trein op en neer naar Tilburg. Maar niet meer zoveel uitgaan.'

Arthur knikte en bedankte Bob. Hij keek de ruimte rond. 'Heeft iemands anders nog wat te vragen aan Bob?'

Enkele mensen verschoven op hun stoel. Niemand zei wat. In de ruimte hing een sfeer van onwilligheid als bij een vermoeid paard. Toen bleef Arthurs blik bij mij hangen.

'Ben. Jij misschien?'

Ik schudde mijn hoofd.

'Echt niet?'

'Nee, sorry. Echt niet.'

'Goed. Welke drie vragen heb jij dan gekozen?'

Ik keek naar de geprojecteerde vragen op de muur en schraapte mijn keel. Ik zei dat ik Ben Jacob van Deventer was, dat ik honderdzevenentwintig wilde worden, dat mijn toekomstambitie een band beginnen was, en dat ik geluk geen gek woord vond, maar een vreemd *iets*. En dat ik door *on*geluk hier terecht was gekomen.

Arthur sloeg zijn benen over elkaar en keek mij aan. 'Ben, het is de eerste keer dat je hier zit. Moet je niet vertellen waarom je hier bent en wat je doelen zijn?'

'Ik,' zei ik, 'ehmm... Nee, ik geloof...' Ik keek naar mijn vingers. 'Nee.'

Het bleef stil.

'Jullie moeten jezelf openstellen,' zei Arthur toen. 'Ook als je dat niet fijn vindt. Want alleen dan kunnen jullie van elkaar leren, alleen dan heeft het zin dat jullie *hier* zijn.'

Toen het voorstelrondje voorbij was, pakte Arthur voor iedereen pen en papier. 'We gaan vandaag een gedicht maken,' zei hij. 'Een persoonlijk gedicht. Probeer iets over jezelf te vertellen. Probeer te beschrijven waarom mensen in je omgeving van je houden.'

*

De kliniek in Den Dolder had een grote gemeenschappelijke woonruimte en een keuken. Aan de andere kant van de keuken was de kamer voor de verpleging. Op de begane grond had je verder nog enkele ruimtes voor de therapieën, een computerruimte en een technieklokaal. En op de eerste en tweede verdieping waren de slaapkamers. In het midden van het gebouw was een binnentuin met een klein grasveld en een paar picknicktafels en een pingpongtafel.

Ik liep de eerste dag voor de lunch door de binnentuin en zag daar een meisje zitten, onderuitgezakt in een plastic tuinstoel. Ze las een boek. Ik bleef staan en keek naar haar twee blauwe ogen die langs de bladzijde bewogen.

'*The Bell Jar*, hè?' zei ik toen. 'Goed boek?'

Maar er kwam geen antwoord. Het meisje sloeg een bladzijde om.

'"Wat is je lievelingsboek?", dat was vanochtend een

vraag. En "wat zijn je toekomstdoelen?", dat was er ook een. Ik denk dat jij 'The Bell Jar' en 'hier zo snel mogelijk wegkomen,' zou hebben geantwoord. Als ik nou nog raad wat je lievelingsmuziek is, weten we precies wie je bent.'

Het meisje was gestopt met lezen. Ze glimlachte.

'Maar wat voor muziek zou je goed vinden? De Zangeres Zonder Naam? Frank Boeijen?' En ik begon te zingen; de openingszin van het eerste, maar echt het *aller*eerste liedje wat in me opkwam, het liedje waar ik die morgen door was gewekt:

Ik weet niet, wat jou zover heeft gebracht.
Als ik jou zie, 's avonds bij het park.

Het meisje zei nog niets. Dus zong ik verder:

De autolichten beschijnen je lichaam,
Zonder ogen, zonder herinnering.
Ik neem aan dat je nooit liefde hebt gehad,
Ook niet toen dat zo belangrijk voor je was.
De woorden die bij jou horen –

Toen, opeens, stopte ik met zingen. 'Dat heb ik altijd wel een mooie zin gevonden,' zei ik, '"De woorden die bij jou horen".'

Het meisje liet haar boek zakken. Boven een van haar wenkbrauwen zat een groot litteken. 'Wat zijn de woorden die bij jou horen dan?'

Ik twijfelde. 'Muziek,' zei ik toen. 'En bij jou?'

'Anna,' zei ze, en ze stak haar hand uit.

*

'Frank Boeijen,' zei Anna. 'Die was ik helemaal vergeten. Veel naar geluisterd toen ik veertien was. Mijn eerste vriendje was er helemaal gek van. We zoenden uren en uren op die muziek.' Anna zweeg even. 'Wat een klootzak was dat,' zei ze toen. 'Zoals hij het uitmaakte. Nu luister ik nooit meer naar Frank. Te veel een madeleine, denk ik.' Ze keek me aan. 'Welke muziek hoort bij jouw ex?'
  'Ik heb geen ex,' zei ik.
  'Een ex-vriendje dan?'
  'Ik heb geen ex,' lachte ik. 'Op geen enkele manier.'

*

'Hoe oud ben jij eigenlijk?' vroeg Anna me, toen we samen naar binnen liepen na een tijd te hebben gepraat.
  'Zeventien,' zei ik. 'Nou ja, bijna dan.'
  Anna keek voor zich uit. 'Zeventien,' zei ze. 'Je bent nog een jonkie, dus.'
  Ik bleef staan. 'Hoe oud ben jíj dan?'
  'Tweeëntwintig,' zei Anna.
  Ik wist niet zo goed wat ik moest zeggen. Dus gooide ik mijn sigaret op de grond en keek naar binnen. 'We gaan weer beginnen, geloof ik.'
  'Ga jij alvast maar figuurzagen,' zei Anna. 'Ik moet nog even langs mijn kamer.'

*

Op zaterdag waren de mensen die ook in het weekend in Den Dolder bleven de hele dag vrij. Op die dagen ging ik vaak naar de bioscoop in Zeist.

Anna ging in het weekend bijna altijd naar huis, naar haar pleegouders. Maar tijdens mijn derde weekend in de adolescentenkliniek bleef ook zij in Den Dolder. Haar pleegouders waren met vakantie.

Ze kwam naar buiten gelopen met een schaakbord in haar handen.

'Jij kon toch schaken?' zei ze.

Ik keek op van mijn boek en knikte. 'Maar –'

'Mooi zo, dan kun je het me leren.'

Tegen het einde van de middag – ik liet Anna een beetje oefenen en schoof mijn stukken maar wat heen en weer – kon ik een opening die Anna liet vallen niet onbenut laten. Ze verschoof haar raadsheer en ik wipte mijn paard naar binnen. Een zet later sloeg ik haar koningin.

'*Shit,*' zei Anna. 'Wat stom.'

'Nee, dat is goed. Mijn grootvader zei altijd dat je met elke fout meer wint dan je verliest. Je leert erdoor. Deze slechte zet bespaart je duizend slechte zetten in de toekomst.'

Anna keek naar het bord en speelde met haar onderlip. Ze leek niet helemaal overtuigd. Vier zetten later stond ze schaakmat.

'Sla dan,' zei ze toen.

'Nee, nee,' zei ik. 'Jij moet je koning op zijn kant leggen. Overgave. Zo hoort dat.'

Anna keek me aan. 'Overgave? Geil spelletje hoor.' Ze stak haar tong uit en stond op. 'Ik ga nog even een sigaretje roken,' zei ze, en ze liep met haar billen vlak voor mijn gezicht langs weg. Toen draaide ze zich om: 'Rook je mee?'

*

Seksuele contacten op de adolescentenkliniek waren verboden. Dat wist ik, en dat wist Anna ook. Bovendien was Anna vijf jaar ouder dan ik. Maar juist omdat ik wist dat Anna me te jong vond, en juist omdat seks op de kliniek verboden was, kon ik er onbeperkt opmerkingen over maken. Kansloze versierzinnen. Plagerijtjes.

Maar het probleem van al die versierzinnen en plagerijen was dat ik er geil van werd. Ik kreeg er een harde piemel van, en gevoelige ballen. Maar echt: *gevoelig*. En buikpijn die ik niet meer had gevoeld sinds ik een keer een weddenschap met Tom had verloren en op het schrikdraad van boer Bouman moest pissen.

*

Op een middag zaten Anna en ik op een bankje in de zon. Anna las een boek, zoals altijd. Ik schreef wat in mijn notitieboekje.

'Stom, hè,' zei Anna toen opeens, 'dat de zon ook gewoon een ster is.'

Ik keek Anna aan en vroeg haar waarom ze dat vond.

'Nou, dat staat hier. En het maakt de zon gewoon minder bijzonder of zo. Ik bedoel, sterren, daar zijn er zoveel van, en –'

'– daardoor is onze zon minder bijzonder? Wat is dat nou voor een onzin? Dat onze ster, te midden van al die andere sterren, *wel* een wereld verlicht, dat is toch *juist* bijzonder?'

Anna zei niets. Ze leek beledigd.

'Maar misschien heb je ook wel gelijk,' zei ik. Ik keek naar de zon. Ik merkte dat ik voor het eerst in weken weer met mijn rechteroog kneep. 'Sterren zijn sowieso oplichters,' zei ik, en ik draaide me weer naar Anna. 'En niet alleen de zon. Wist je dat een boel van de sterren die wij zien allang zijn opgebrand? Het lijkt maar alsof ze nog bestaan, omdat we hun licht zien. Maar dat zien we alleen maar omdat het er zo lang over doet om ons te bereiken. De ster die het licht verzond, de ster die wij denken te zien, die bestaat niet meer.'

'Echt?' zei Anna.

'Ja. Echt. Man, het licht van de zon doet er acht minuten over om de aarde te bereiken. Kun je nagaan hoe lang het licht van die verre sterren nodig zal hebben.'

Anna keek naar de zon, met een hand boven haar ogen.

'Dus als de zon nu zou ontploffen,' zei ze, 'zouden we dat pas over acht minuten merken?'

Ik knikte. 'Het kan zelfs nu al gebeurd zijn. De komende acht minuten zouden de laatste van je leven kunnen zijn. Of de laatste zeven, als de zon een minuut geleden is ontploft.' Ik legde mijn hand op Anna's nek en zei op de toon van een vrouwenversierder: 'En hoe zou je die laatste zeven minuten willen doorbrengen? Pratend? Of toch liever op een andere manier?'

Anna glimlachte. 'Je hebt gelijk,' zei ze, en ze begon weer te lezen. Na een minuut zei ze, zonder van haar boek op te kijken: 'En als ik me over vijf minuten bedenk, hebben we aan die laatste minuut ook wel genoeg.'

*

Ik klop op Anna's kamerdeur. Het duurt even voordat ze opendoet. Ze komt net uit de douche. Ze heeft een handdoek om haar bovenlijf geslagen en een andere om haar hoofd heen gedraaid, als een roze tulband. Er staan nog druppels water op haar schouder. Ze sluit de deur en ik loop langs haar de kamer in. In plaats van in de badkamer te verdwijnen, loopt Anna met me mee. Als ik op het bed ga zitten, komt ze vlak voor me staan. Ik weet niet waar ik moet kijken.

Anna maakt de tulband los. Hij valt achter haar op de grond. Dan legt ze een hand op de handdoek om haar bovenlijf en maakt ze ook die los. Ik kijk naar haar buik en haar borsten. Ze heeft kleine, fijne tepels.

'Raak me aan,' zegt Anna zacht.

Ik slik de brok in mijn keel weg. Mijn handen trillen.

'Raak me maar aan,' zegt ze.

Voorzichtig leg ik een hand op de zijkant van haar lichaam, waar het bot van haar bekken naar buiten steekt.

'Ja,' zegt ze. 'Goed zo.'

Anna glijdt met haar hand naar beneden, tot aan haar kut, en ze begint zichzelf te vingeren. De huid om haar vagina is lichter dan daarboven en daaronder. Ik zie wat kleine, rode bobbeltjes.

Ik bijt op mijn onderlip en durf mijn hand niet te bewegen. Mijn piemel drukt tegen mijn onderbroek aan.

Dan duwt Anna haar vingers in mijn mond. 'Ik wil dat je je aftrekt,' zegt ze.

Ik trek mijn hand van haar af en maak mijn broek los. Ik begin mezelf af te trekken.

'Ik moet komen,' zeg ik al snel.

'Ik wil dat je mijn naam zegt als je klaarkomt,' zegt Anna. 'Of nee, ik wil dat je 'm schreeuwt.'

Maar als ik klaarkom, zeg ik helemaal niets. Ik word wakker, in mijn bed in mijn kamer in Den Dolder.

Als ik het bedlampje aanklik, zie ik dat mijn onderbroek een grote, donkere vlek heeft. Ik zit onder het sperma.

*

De ochtend van mijn natte droom was een dinsdagochtend. Ik weet dat nog door de post die ik die dag ontving. Het was de lichtblauwe luchtpostenvelop die ik vanuit de Thorbeckehof in Zwolle aan mijn vader had gestuurd. Hij zat vol met aantekeningen. 'Doorsturen naar Den Dolder', stond erop. En: 'Voor Ben v. Deventer?' Daarnaast stonden mijn naam en het adres van de adolescentenkliniek geschreven, in een keurig handschrift. Over het adres van mijn vader zat een sticker geplakt. Maar daarnaast zat nog een sticker, half verborgen. '*Return to sender*,' stond erop. En daaronder, met de hand geschreven: '*Addressee deceased*.'

Ik stond op en liep met de brief in mijn hand naar de verplegingsruimte. Achter mijn ogen voelde ik duizend kleine speldenprikken. Mijn mond en neus en wangen begonnen ongecontroleerd te bewegen. Maar ik weigerde te huilen: dat zou betekenen dat het waar was dat mijn vader was overleden.

En dat was niet zo. Want dat *mocht* niet zo zijn.

Maar toen ik bij het hok van de verpleging aankwam, huilde ik toch. Arthur kwam naar buiten gelopen. Hij vroeg wat er aan de hand was.

'Is?' snikte ik, 'is... mijn –' Ik haalde mijn neus op, veegde het snot van mijn bovenlip en hapte naar lucht. 'Is mijn vader dood?' zei ik toen, met lange pauzes tussen de woorden.

Arthur zei niets. Hij keek naar de brief in mijn hand. En ik zag dat het waar was dat mijn vader was overleden. Echt: dat *zag* ik.

Dus draaide ik me om en rende naar buiten.

'Ben,' zei Arthur, 'Ben, wacht even.'

Maar ik rende de twee deuren naar de binnenhof door en ging in een bloembed in de tuin zitten, met mijn rug tegen een buitenmuur.

Ik zat daar, tussen allerlei groene stengels, op het natte, zachte zand, toen Arthur naar buiten kwam. Ik was nog steeds aan het huilen. Mijn rug deed pijn van de bakstenen muur waartegen ik zat, en ik had het koud, maar ik weigerde op te staan. Arthur nam plaats op een bank in de binnenhof.

Iedereen ging dood, zei ik zacht. Als schaakstukken werden ze van het bord genomen en in een houten kist gestopt. En bij geen enkele begrafenis mocht ik van de partij zijn.

'Ben,' zei Arthur toen. 'Het spijt me. Echt. Maar we dachten dat je dit al wist. Dat heeft je moeder ons in ieder geval gezegd. Vandaar.'

Mijn borstkas schokte. Ik wist zeker dat mijn moeder niets had gezegd.

'Je vader had kanker,' zei Arthur toen. 'Hij is gestorven toen jij in Zwolle in de kliniek zat. Daardoor is hij je nooit komen bezoeken. En de doktoren dachten dat het verstandiger was als je er niet bij zou zijn.

✳

Toen ik een jaar of negen was, moest ik met mijn grootvader naar de begrafenis van de dochter van een van de pachters op het landgoed. Tijdens de kerkdienst en de begrafenis moest ik huilen, hoewel ik de vrouw maar drie keer had ontmoet. Op weg naar huis, vroeg ik mijn grootvader of er een hemel was. Hij zette zijn hoed op en zuchtte diep.

'Als die er is, jongen,' zei hij. 'Dan kunnen wij die niet zien.'

*

De volgende avond kwam De Witt langs tijdens het bezoekuur. Mijn moeder had hem gebeld nadat ik haar had gebeld om naar de details van mijn vaders dood te vragen. Die avond vertelde De Witt mij dat mijn vader longkanker had gehad, met uitzaaiingen naar zijn nek en hersenen. Hij had het al jaren.

Toen zei De Witt dat het niet goed ging met mijn moeder. 'Het doet haar erg veel verdriet dat ze je vandaag niet kan opzoeken en je dit zelf kan vertellen. Maar ze kan amper haar bed uit om naar de wc te gaan.'

'Ik wil papa zien,' zei ik. 'Maar dat kan niet. Op geen enkele manier. Hij is voor altijd weg. Net als opa. En mama is misschien ziek, en kan *nu* dus niet komen, maar als ik hier weg ben kan ik *haar* opzoeken en nog zo vaak als ik wil ook.'

De Witt legde zijn hand op de mijne en zei dat hij me begreep; dat hij snapte dat ik mijn vader wilde zien en dat ik boos was en verdrietig omdat dat niet kon.

'Maar dat jij je vader niet kan zien,' zei hij, 'betekent niet dat hij *jou* niet kan zien. Want als je goed kijkt, dan zie je dat je vader naar je kijkt. En als je ziet dat hij kijkt, dan bestaat hij nog. Als jij hem ziet, als jij ziet dat hij kijkt, dan bestaat hij.'

Ik keek naar De Witt.

'Je vader kijkt naar je,' zei hij. 'Hij ziet je. Dat weet ik zeker. Het is aan jou hem trots te maken. Om te laten zien dat je dit aankunt. Dat je hier doorheen komt.'

Toen stond De Witt op en liep om de tafel heen. Hij trok me tegen zich aan en gaf me een ongemakkelijke kus op mijn wang. Ik voelde de stoppels van zijn baard.

Toen pakte hij me bij mijn schouders.

'Het was onhandige timing, toen je moeder je vertelde dat je vader was overleden, maar ze moest wel: je vroeg ernaar. Ze wilde het liever vertellen als je wat meer onder de mensen zou zijn, maar ze wilde ook niet tegen je liegen. Dat was de keuze. Ze voelde zich al heel rot over het feit dat je zijn begrafenis moest missen. Maar nu weet je het. Nu weet je dat je vader overleden is maar dat hij nog steeds naar je kijkt. Nu kun je hem trots maken.'

Toen De Witt weg was, liep ik naar mijn kamer. Wat had De Witt bedoeld met de timing van mijn moeder? Had mijn moeder mij niet goed begrepen toen ik had gevraagd of Tom was overleden? Had ze gedacht dat ik over mijn vader had gesproken?

En als dat zo was: waarom reageerde Tom dan niet op mijn brief? Hoe lang waren zijn ouders al met vakantie?

∗

Ik liep naar de computerruimte, naar waar de telefoon stond. De deur stond open, maar er was niemand. Ik ging zitten en probeerde het telefoonnummer van het huis van mijn oom op Weldra. Daar werd niet opgenomen. Dus probeerde ik het Oude Huis maar. Nadat de telefoon een keer of twintig was overgegaan, nam er eindelijk iemand op.

'Pieter,' zei ik. 'Pieter, hoe is het?

'Goed, goed. Dank je.

'Pieter, is mama thuis?

'Oké. Pieter, luister, ik wil je iets vragen: hoe lang zijn de Samsons al met vakantie?

'De huurders van oom Frank.

'Die zijn vertrokken?

'Waarheen?

'Hoe bedoel je, met z'n tweeën?'

Ik bleef lange tijd stil.

'Pieter,' zei ik toen. 'Zegt de naam Tom Samson jou wat?'

*

Ik zat op een bankje in de binnenhof. Anna zat naast me. Ze praatte. Toen ze een baby was, zei ze, was haar vader op de terugweg van vakantie met hun auto tegen een boom gereden. Hij was op slag dood. Haar moeder ook. Anna zelf had drie maanden in het ziekenhuis gelegen. Daarna was ze bij een pleeggezin ondergebracht.

'Bij hele lieve mensen,' zei ze. 'Maar toen ik zestien, zeventien was, begon ik mijn ouders opeens erg te missen. Ik vond het heel erg dat ik mijn moeder nooit had gekend, dat ze me in de steek had gelaten. En toen begon ik haar dat kwalijk te nemen, dat ze dood was, hoewel ze er niets aan kon doen, natuurlijk. Toch was ik boos op haar. En op mijn vader, die de auto had bestuurd. Maar zij waren er niet meer om mijn woede op te richten. Dus toen begon ik me... ineens wist ik zeker dat mijn pleegvader me had misbruikt, toen ik jong was. Overdag, in de garage. En 's nachts, in bed.'

Anna keek me aan.

'Toen vertelde ik dat aan wat mensen op school,' zei ze, 'aan vriendjes en vriendinnetjes, en toen dat uitkwam rende ik van huis weg en toen – nou ja, dat is verder niet belangrijk, wat er toen gebeurde. Wat belangrijk is, is dat ik nu weet dat het niet waar is: mijn pleegvader heeft me niet misbruikt. Ik heb het verzonnen. Uit woede. En uit verdriet. Omdat ik een boeman nodig had om te haten. Omdat ik me toe-eigende wat ik nodig had.'

*

Eindelijk mocht het verband om mijn arm eraf. Het was ruim zes maanden na de boombrand; ik zat al drie maanden in Den Dolder. Doordat ik al die tijd niets met mijn arm had gedaan, kwam er een heel dun en heel zielig armpje onder het verband vandaan. Met een tweede huid van vuiligheid erop. Ik was wel een halfuur bezig die eraf te krijgen.

Die eerste dag was mijn arm zo dun en kon ik hem zo slecht bewegen dat ik dacht dat ik nooit meer gitaar zou kunnen spelen. Maar de dokter zei dat ik dat op een dag heus wel weer kon, dat de beweging en het gevoel zouden terugkomen, maar dat ik daar zelf wel iets voor moest doen: door oefeningen moest ik leren mijn arm weer te gebruiken en de schade van de val zo veel mogelijk te beperken.

*

Man, nog steeds kan ik mijn arm niet helemaal strekken. Maar dat is het enige: na bijna een jaar van fysiotherapie en oefeningen met allerlei balletjes en elastieken en kleine gewichten waarmee ik alles opnieuw heb moeten leren zit er weer behoorlijk wat kracht in mijn arm. En coördinatie. Ik heb niet het gevoel dat ik minder goed gitaar kan spelen dan vroeger. Echt niet. En dat is ook aan Rudi te danken. Want na een week of twee zonder verband kwam hij langs in Den Dolder. Het was op een donderdagavond. In zijn hand hield hij een niet te groot, ingepakt cadeau. Het was een ukelele, met een klankkast van gelakt, donker hout.

'Vor jou,' zei Rudi. 'Om op te spielen. Ik hoorde van je moeter dat je arm weer *gesund* was, maar noch altijd schwack.' Hij pakte de ukelele op bij de hals en drukte op de onderste snaar. 'Nylon. Dan hoef je niet so hart te drucken. *Und viel Platz auch hier.*'

Dat klopte: tussen de vier snaren zat inderdaad veel ruimte. Je zou er nog een vuilniswagen kunnen parkeren.

'*George Harrison spielte da auch gerne auf,*' zei Rudi. '*Zum üben.*'

Toen liet Rudi me een handjevol toonladders op de ukelele zien, met noten en akkoorden. Daarna overhandigde hij me het instrument om ze na te spelen, maar dat lukte nog niet helemaal. Dus liep ik met mijn duim de snaren af.

'*Nein, nein,*' zei Rudi. 'Nicht met je dhaum. Je bespielt

de ukelele met je wijsfinger. *So.*' Hij nam de ukelele uit mijn handen en speelde de openingsnoten van 'Something', eerst met een *ghost bend* en daarna noot voor noot, met zijn wijsvinger. '*Und jetzt du,*' zei hij, en hij gaf me de ukelele terug.

'Het gaat nog niet,' zei ik, en ik wees weer naar mijn arm.

Hij schudde kort met zijn hoofd en maakte een klakkend geluid met zijn tong. '*Was?* Het gaat niet? *Einfach üben.*'

*

Gewoon oefenen, zei Rudi, dan kwam het goed. Dus deed ik dat: het hele weekend oefende ik op de intro van 'Something'. En nog steeds speel ik een uur of twee per dag. Met veel moeite leerde ik mezelf dat weekend de eerste akkoorden van het lied te pakken en er snel tussen te wisselen. Toen ik zondagavond de ukelele neerlegde, had ik het gevoel dat mijn slappe vingers eindelijk hadden onthouden waar ze heen moesten en de snaren hard genoeg naar beneden konden drukken. Ik kon niet wachten om aan Anna te laten horen wat ik kon spelen.

Maar die zondagavond kwam Anna niet naar de adolescentenkliniek. En de ochtend daarop zat ze niet aan het ontbijt. Na het afruimen liep ik dus naar haar kamer. Ik klopte op de deur. Er gebeurde niets. Ik drukte de deurklink omlaag, maar de deur zat op slot. Toen kwam Haro van de verpleging langsgelopen. In zijn hand hield hij een stapel schoon beddengoed. Hij vroeg me wat ik aan het doen was. Ik zei dat ik op zoek was naar Anna.

'Anna?' zei hij. 'Heb je het niet gehoord, vrijdag? Ze is

ontslagen. Maar ze wilde geen afscheid. Dat had ze zelf altijd zo vervelend gevonden.'

*

Ik keek naar de grijze deur van Anna's kamer en herinnerde me een van de eerste gesprekken die Anna en ik hadden gehad. Ik had haar gevraagd hoe lang ze al in de adolescentenkliniek zat, en hoe lang ze nog moest blijven.

Anna zei dat je met doktoren nooit wist waar je aan toe was, wat je had en wanneer je weg mocht.

'Maar als ik weg mag,' zei ze, 'dan weet ik het wel. Dan zien ze me hier nooit meer terug.'

'Wat dan?' vroeg ik.

'Kijk nou eens goed om je heen. De meeste mensen hier, vind je die normaal? Geestelijk gezond? Nee, natuurlijk niet. En dat worden ze ook nooit meer. Na zo'n psychose hebben ze mazzel als ze weer op zeventig procent van hun kunnen terugkeren. En als ze er dan weer een krijgen, over een halfjaar, keren ze *weer* op zeventig procent terug. Maar dat is dan wel zeventig procent van zeventig procent. Minder dan de helft van wie ze waren, dus. Persoonlijkheidsvervlakking noemen ze dat. *Schizofrenie*: een gespleten geest, maar gespleten als een stuk hout: steeds kleiner en kleiner en kleiner. Steeds minder en minder van wie je was. Daarom slik ik al die kutpillen ook.' Anna keek me aan. 'Nee, als ze zeggen dat ik hier weg mag, dan ga ik dat niet vieren, want er valt niets te vieren. Als ze zeggen dat ik hier weg mag, dan knijp ik ertussenuit, als een ouwe dief, en kom ik hier nooit meer terug. Dan is dat de kans die ik pak.'

*

'Something' dus, van George Harrison. Een lied over een meisje, over *iets* aan haar wat de zanger intrigeert, wat hem betovert. Bevrijdt, zelfs. Een schitterend lied, met, zoals gezegd, een schitterende solo.

En vanochtend werd ik daar dus mee wakker. Ik heb meteen de plaat opgezet en op de ukelele meegespeeld.

Man, de muziek, die aanzwelt: de strijkers, de drums, de stem van Harrison die zingt '*I don't know-how, I don't know*', en dan die solo, weer in de grondtoon, die Harrison inzet na een break van Starr, meegespeeld op de piano, die solo die alles openbreekt. Het is schitterend. Terwijl Harrison lange tijd dacht: nee, dit is te simpel, dit kan ik niet maken, terug naar C. Maar dat is het hem juist: het is schitterend in zijn eenvoud.

Want zo zijn de solo's van George Harrison: op het ene moment is de muziek nog vol, op het andere is er leegte, ruimte, rust.

Simpelheid en overzicht.

Een bestemming.

*

De laatste keer dat ik Anna zag, was op een donderdagavond. Ze was in een goede bui.

'An,' zei ik. 'Waardoor denk je dat ik een psychose kreeg?'

'Verschillende dingen,' zei ze. 'Pech. Aanleg. In combinatie met dat blowen van je, natuurlijk. Het is net zoals met dat gymspelletje vroeger. Iedereen die blowt rent rond in een zaal met van die rode ballen. En sommigen worden geraakt, anderen niet. Vaak worden degenen geraakt die het minste balgevoel hebben. Of die het meeste risico nemen. Maar als je niet geraakt wil worden, moet je gewoon niet meedoen aan het spelletje. Buiten de zaal blijven. Dan is het pas echt pech als je geraakt wordt: als de bal door een open deur of raam jouw kant op vliegt.'

Het bleef even stil.

'Kom,' zei Anna toen. 'We gaan champagne kopen.'

'Waarom?' vroeg ik.

'Om te vieren dat je verband eraf is, domkop.'

'Maar dat is al twee weken geleden.'

'En omdat ik al lange tijd geen champagne meer heb gedronken, natuurlijk.'

*

Niet lang na het vertrek van Anna haalde ik alle weekdoelen, deed het goed bij de sociale vaardigheidstraining, en luisterde en stelde vragen bij de groepsgesprekken. Ik kon zelfs praten over mijn jeugd, over mijn vader en mijn moeder. Ik blonk uit in al die flauwekul. Ik schreef in die tijd een verslag over mijn psychose – een kleine geschiedenis van mijn ziekte noemde ik het – omdat de dokter daarom vroeg.

Maar over Tom zei ik niets. Over Tom *heb* ik ook nog nooit iets gezegd. Maar echt: nog *nooit*.

Tot nu dan. En nu heb ik wel iets gezegd, maar nog steeds niet alles. En ik denk ook niet dat ik dat ooit nog ga doen. Het is goed zo. Het *gaat* goed zo.

*

Omdat het goed ging, vond de begeleiding van de adolescentenkliniek dat het mogelijk was met mij en met mijn moeder over de volgende stap te gaan praten: mijn leven na het verblijf in Den Dolder. Na twee of drie weken kwamen ze met het voorstel dat ik vanaf het nieuwe jaar op De Dwars kon gaan wonen, een steunwoning voor adolescenten aan de rand van Amsterdam. Dat was in de buurt van mijn oom, die dan dus een oogje in het zeil zou kunnen houden. Ik zou daar de laatste maanden van de vierde klas kunnen afmaken, en het jaar daarna eindexamen kunnen doen.

En daar – of beter gezegd: *hier* – woon ik nu dus bijna negen maanden.

*

Vlak voor mijn vertrek naar De Dwars kwam mijn moeder langs in Den Dolder. Het was de eerste keer in drie maanden tijd dat ik haar zag. Ik ontmoette haar in een restaurant in de buurt van de adolescentenkliniek, op een druilerige wintermorgen. Ik dronk warme chocolademelk met slagroom en suiker. Op het suikerzakje stond zo'n spreuk van een of andere zenmonnik over het geluid van een klappende hand. Man, wat een gelul vind ik dat. Maar *echt*.

Hoe dan ook: mijn moeder had wat spullen voor mij meegebracht die ik kon meenemen naar mijn kamer in Amsterdam. Eén van die dingen was het 'dodo'-ei van mijn grootvader. Toen ze me dat gaf, moest ik huilen. Dat was wel een beetje ongemakkelijk. En vervelend. Want ik had me voorgenomen niet te huilen waar mijn moeder bij was.

Mijn moeder en ik praatten die middag nog wat over de school waar ik naartoe zou gaan, en hoe het geld geregeld ging worden. Aan het einde van het gesprek zette ze haar tas op tafel. Ze nam er een envelop uit, met mijn naam erop, in papa's handschrift.

'Deze brief stuurde je vader me, vlak voor zijn overlijden, ik dacht: ik wacht ermee totdat je hem weer helemaal kunt...' – ze stopte even met praten en keek me aan – 'totdat je hem weer helemaal kunt *begrijpen*.'

Mijn moeder glimlachte verontschuldigend en schoof de envelop over de tafel naar me toe. Aan haar ringvinger zat een zilveren ring met blauwe stenen. Het was de ring van mijn litteken.

Ik pakte de envelop vast. Toen, opeens, legde mijn moeder haar hand op de mijne.

'Ik ben blij dat het weer zo goed met je gaat,' zei ze. Ze slikte kort iets weg. Toen zei ze: 'Ik hou van je. Je bent mijn kind en ik hou van je.'

Toen mijn moeder bij Rob in de auto stapte, zei ze: 'Tot dinsdag dan. Is er nog iets van thuis wat ik kan meenemen?'

'Ja,' zei ik. 'Papa's platen.'
'Allemaal?'
'Allemaal,' zei ik.

*

Terug in mijn kamer ging ik aan mijn bureau zitten en opende de envelop. De brief was in een ongewoon groot handschrift geschreven, en met veel ruimte tussen de zinnen.

'*Furness,*' stond er bovenaan. '*Today.*'

My dearest Benjamin,

How are you? And how's the guitar playing coming along?
 Ben, I am sorry, but I am sick and I am going to die soon.
 When you stayed at my house last year I tried to tell you that I had been diagnosed with cancer several years before and that things were not looking good.
 But I couldn't.
 I loved to see you work the trees, helping me cut them down. I could not tell you that I had been sick for so many years. I did not want to lie, but neither did I feel like telling the truth: that I had been lying for so long.

In een ander, nóg groter handschrift ging de brief op een volgend vel verder.

Ben, I am sorry for the failures of my life and the uncertainties and shortcomings that they have given rise to.
 I am sorry that I will not be able to be a bigger part of your life.
 I am sorry but I always thought there would be time.
 I always thought that I would still be here when you were older.
 I never thought that like my father I too would have to leave this world so soon.

Daaronder stond een doorgestreepte zin die ik niet kon lezen. En toen dit:

Dear Ben, when my father was sick and lay in bed all day long, he told me that he would have to leave this life, but that he would never leave me. He told me that whenever I felt I needed him, I should just go outside and see him in the tall grass and the splendour of the flowers. That he would be there.

Ben, my father was a man of fancy words. I am not. But I would like to agree with what he said. From now on I will always be at your side: I will be the earth that you walk on. I will be the flowers of spring.

Ben, I will be with you forever. You can see me in the tall trees and the grass that surround you.

I love you my son.

A kiss from

Your loving father

*

Ik zit met mijn vader en Tom in de auto. Het is vroeg in de herfst. We rijden over de Oude IJssel naar huis. Links liggen de velden van boer Bouman waar Tom en ik vaak spelen. Daarachter staat een rij bomen. Hun bladeren zijn geel en lichtgroen. Een waterige zon schijnt door de ruiten naar binnen.

Uit de radio klinkt 'While My Guitar Gently Weeps' van The Beatles; het is het lievelingslied van mijn vader. Op het stuur klapt hij mee met de hi-hat van Ringo Starr die elke tweede tel kort open- en dichtgaat.

Met zijn drieën zingen we het lied mee, tot en met het tweede couplet:

I look at the world and I notice it's turning,
While my guitar gently weeps.
With every mistake we must surely be learning,
Still my guitar gently weeps.

Dan begint de solo van Eric Clapton; een trillende, zwabberende solo. Ik sluit mijn ogen en voel de auto bewegen. Ik *hoor* de noten trillen. Ik zie door de haren van mijn wimpers mijn vader de klappen op het stuur geven. Ik zwem in de muziek.

Met zijn drieën golven we mee met The Beatles: mijn vader, Tom en ik. We zijn een ei, een gouden ei, een ei zoals het ei van mijn grootvader, en we glijden door de ruimte.

We zijn muziek, we zijn maat en melodie; we zijn de trillingen die van de snaren van Clapton afkomen. We zijn de stem van George Harrison.

We zijn samen in het geluid.

We zijn één.

*

Ik herinner me een wandeltocht met mijn grootvader in de bergen. De sneeuw kraakte onder onze voeten. De heldere berglucht voelde bij het inademen zo koud aan dat mijn neusschot tintelde. Bij het uitademen vormde zich een wolk van mijn warme adem voor mijn gezicht. Mijn voeten waren koud en mijn tenen deden pijn.

Toen zag ik sporen van een dier in de sneeuw.

'Opa?' vroeg ik.

Zonder om te kijken antwoordde mijn grootvader: 'Ja?'

'Opa, zijn er hier beren?'

'Nee, jongen,' zei mijn grootvader, en hij stapte rustig door. 'Die hebben we allemaal allang vermoord.'

'En wolven?'

'Ook die hebben we vermoord.'

'En monsters?'

Mijn grootvader stopte met lopen en draaide zich om.

'Jongen,' zei hij. 'Monsters bestaan altijd. Maar alleen hier.' Hij tikte met twee vingers tegen de zijkant van zijn hoofd. 'Alleen hier. Maar dat maakt ze nog niet minder echt.'

Ik knikte en keek naar de sporen. Ze liepen naar een boom. De takken daarvan zaten zo onder de sneeuw dat het leek alsof iemand ze allemaal apart geboterd en gesuikerd had.

Toen zuchtte een tak onder het gewicht van de sneeuw en zakte door. Sneeuw stoof op van de groene dennennaalden.

Ik keek omhoog: mijn grootvader was alweer aan het lopen. Hij was een stuk verderop. Snel liep ik achter hem aan.

EPILOOG

Je loopt op een wandelpad, aan de rand van een bos. Naast het pad loopt een lange laan. Aan weerszijden ervan staan grote eiken. Af en toe valt een zonnestraal door het dikke dak van bladeren naar beneden. Er is geen auto te zien, geen ruiter, geen mens.

Je komt bij een kruising en slaat links af, een landgoed op. Dit weet je, want aan de ene kant van de weg staat een stenen pilaar met het woord 'landgoed' – in kapitale, zwarte letters – en aan de andere kant staat nog zo'n pilaar, met net zulke letters, maar met een ander woord, een naam: *Weldra*.

De verharde weg waar je op loopt, de Oude IJssel, voert je langs akkers en velden, tot aan een kruising met een zandweg, de Brede Koeweg. Het zand ervan is droog, en stuift op in de wind. Hier en daar ligt een scherf blauw aardewerk, of een stuk rode baksteen. Deze zandweg, en het zonlicht dat doelloos door het stof naar beneden valt: het straalt een leegte uit, een stilte, die niet te beschrijven is.

Je begint de zandweg af te lopen. Hier staan ook bomen, maar kleinere exemplaren, met meer tussenruimte. Aan de rechterkant ligt een drooggevallen sloot. Daarachter een weiland. Je kijkt het weiland over, over het hoge gras met de paardebloemen erin, tot aan de donkere rand van de struiken en bomen aan de overkant. Achter die bomen, enkele kilometers verderop, ligt de rivier, de IJssel. De rivier die 's nachts donker is, zwart haast, ondoorzichtig. De rivier die statig stroomt. De rivier waar je ooit bijna in verdronken bent. Je oom kwam je redden.

Twee nieuwsgierige koeien komen naar de rand van het weiland gelopen. Hun kaken herkauwen het voedsel van de morgen. In de hoge, lichtblauwe hemel boven ze schiet een groep vogels heen en weer; zwaluwen, die vliegjes vangen.

Zo heb je als kind in het Engels leren tellen, vogel voor vogel, met je vader, op een rijmpje. '*One for sorrow, two for joy. Three for a girl, four for a boy. Five for silver, six for gold. And seven for a secret, never to be told.*'

Dit is het land van je jeugd, denk je. Van je ziel. Het land van omgeploegde akkers, van velden vol paardenbloemen en koeien en schapen en de zware geur van paarden in de lucht. Dit is het rijk van populieren, van eiken en van knotwilgen, van verdroogde sloten en stille zandwegen. Dit is waar je thuishoort, in een wereld van gras. Met een hoge hemel vol ganzen boven je.

Want hier begint alles elk seizoen opnieuw.

Je draait je om en loopt verder. Aan het einde van het zandpad, achter een grote groep bomen, komt het dak van een groot huis tevoorschijn.

Het leven is niets meer dan een wandeling naar huis, een tocht in de zomerzon.

Maar je bent er bijna.

Je bent bijna thuis.

Weldra.

VERANTWOORDING

De titel van dit boek komt van de plaat *Dagen van gras, dagen van stro* van Spinvis (Excelsior Recordings, 2005).

In hoofdstuk zes wordt een uitspraak van Harvey Dent aangehaald, uit de film *The Dark Knight* (Warner Brothers, 2008).

De liedjes die worden aangehaald zijn de volgende:

'Lucifer Sam' van Pink Floyd, afkomstig van: *The Piper at the Gates of Dawn* (EMI, 1967)

'Positively 4th Street' van Bob Dylan, afkomstig van: *Biograph* (Columbia Records, 1985)

'I'm Wishing', uit: *Snow White and the Seven Dwarfs* (Walt Disney, 1937)

'Love Me Do' van The Beatles, afkomstig van: *Please Please Me* (Parlophone, 1963)

'The Message' van John Martyn, afkomstig van: *Sunday's Child* (Island Records, 1975)

'Roll Over Beethoven' van The Beatles (origineel van Chuck Berry), afkomstig van: *With the Beatles* (Parlophone, 1963).

'The Gun Song' van Old van Dyck and the Peanutbutter Jellyfish Sandwich Club Band, afkomstig van: *The Burned Down Castle of Widowed Water* (323 Records, 2003)

'Shapes of Things' van The Jeff Beck Group, afkomstig van: *Truth* (Epic, 1968)

'Blackbird' van The Beatles, afkomstig van: *The Beatles* (Apple, 1968)

'Let's Go Fly A Kite', uit: *Mary Poppins* (Walt Disney, 1964)

'Feed the Birds', uit: *Mary Poppins* (Walt Disney, 1964)

'Kronenburg Park' van de Frank Boeijen Groep, afkomstig van: *Foto van een Mooie Dag* (Sky, 1985)

en 'While My Guitar Gently Weeps' van The Beatles, afkomstig van: *The Beatles* (Apple, 1968).

Dank.

INHOUD

Proloog 7
Een 11
Twee 39
Drie 67
Vier 81
Vijf 94
Zes 115
Zeven 141
Epiloog 167